Hans Meister

OBERRETTENBACH 33

Hans Meister

Ober-
rettenbach 33

Expedition Land

Leopold Stocker Verlag
Graz – Stuttgart

Umschlaggestaltung: DSR – Werbeagentur Rypka, A-8143 Dobl,
www.rypka.at
Umschlagabb. Vorderseite, Abb. Innenteil: Archiv des Verfassers

Hrsg. von Mag. Katrin Meister

Bibliographische Information der Deutschen Nationalbibliothek
Die Deutsche Nationalbibliothek verzeichnet diese Publikation in der Deutschen Nationalbibliographie; detaillierte bibliographische Daten sind im Internet unter http://dnb.d-nb.de abrufbar.

Hinweis: Dieses Buch wurde auf chlorfrei gebleichtem Papier gedruckt. Die
zum Schutz vor Verschmutzung verwendete Einschweißfolie ist aus Polyethy-
len chlor- und schwefelfrei hergestellt. Diese umweltfreundliche Folie verhält
sich grundwasserneutral, ist voll recyclingfähig und verbrennt in Müllverbren-
nungsanlagen völlig ungiftig.

Auf Wunsch senden wir Ihnen gerne kostenlos unser Verlagsverzeichnis zu:

Leopold Stocker Verlag
Hofgasse 5 / Postfach 189
A-8011 Graz
Tel.: +43 (0)316/82 16 36
Fax: +43 (0)316/83 56 12
E-Mail: stocker-verlag@stocker-verlag.com
Weitere Informationen finden Sie im Internet unter:
www.stocker-verlag.com

ISBN 978-3-7020-1716-3

Layout: Ecotext Verlag, Mag. Schneeweiß-Arnoldstein, 1010 Wien
Gesamtherstellung: FINIDR, s. r. o., Český Těšín

Für Chris,
Katrin & Klemens,
Margarete & Johann,
Hedwig & Anton

Vorwort

WER JE AUF DEM Land lebte, wird das Gackern der Hühner, das Zirpen der Grillen, den Duft von frisch gemähtem Heu und den Geruch des Waldes nach einem sommerlichen Regen nicht vergessen.

Auf einem Bauernhof aufzuwachsen, ist eine spannende Sache; das Leben als Entdeckungsreise zwischen Saugarten, Hühnerstall, Feldern und Wäldern. Die Natur als universeller Lehrmeister. Der Traum vom selbstbestimmten Leben.

Mein Fernweh zog mich immer hinaus; jenseits einer eng begrenzten Welt wollte ich neue Länder und Kulturen entdecken. Sehen was ist und darüber schreiben.

Deshalb erzähle ich wie ein Reporter aus meinem Bauern- und Journalistenleben, von dem, was ich erlebt, gesehen und gedacht habe.

Ich erzähle es, um nicht völlig in Vergessenheit geraten zu lassen, was sich auf Oberrettenbach 33 tat, um es präsent zu halten als etwas, das stattgefunden hat.

Aber alles der Reihe nach und schön durcheinander, so wie im Leben auch …

Oberrettenbach 33

„WENN ALLE BILDER GEMALT, alle Bücher geschrieben und alle Weichen für die Zukunft gestellt sind, werden wir zusammen ein großes Fest feiern und wissen, dass die Zukunft ein Bild hat. Dann werde ich auf mein Zimmer gehen und auf ein weißes Blatt Papier die Worte *Jonny was in Oberrettenbach 33* schreiben. Ich werde die alte Pistole von Johann aus dem Seidenpapier wickeln und an Gunter Sachs* denken."

So, dachte ich mir, würde es sein, wenn ich alt bin. Diese Tagebucheintragung sorgte für ziemlich viel Aufregung. Damals.

ES IST DER 14. Juli, 20 Uhr. Ich stehe mit Sack und Pack am Flughafen in Stockholm. Ein heißer Tag in Südschweden. Gerade erst bin ich hier mit dem Leihauto aus Malmö angekommen, wo ich in der Gegend einige Farmen besichtigt habe. Das Hemd klebt mir verschwitzt am Körper und hier in der Kühle der Klimaanlage wird das erste angenehme Gefühl der Frische bald in Frösteln übergehen. Ich werde mein Sakko überziehen und hoffen, dass es kein lästiger Schnupfen mit Folgen wird. Wie immer. Es ist immer alles wie immer. Die Hetzerei, das Sitzen auf Kohlen im Stau bei der Anreise zum Flughafen und das ständige Terminfallbeil.

Als Journalist und Neugieriger bin ich viel unterwegs. Meine wichtigste Frage: „What's different?"

---

* 1932–2011, deutscher Unternehmer, Kunstsammler und Playboy

Ich suche nach dem Unterschied, dem anderen und bewege mich doch in meinen eigenen ausgelatschten Spuren und Verhaltensmustern.

Mein Name ist Hans. Meine Freunde nennen mich Jonny. Jimmy würde mir besser gefallen. Ich bin optimistisch, ausdauernd und noch immer fröhlich. Mit Flügeln, lange bevor „Red Bull" erfunden war. Mein Handy kommt von Nokia, meine Armbanduhr von Swatch, mein Auto von Volvo und mein Laptop von Hewlett Packard. Diesbezüglich bin ich ein ganz gewöhnlicher Kerl.

Erster Aufruf zum Check-in für den Flug von Stockholm nach Umeå. Umeå ist eine Universitätsstadt in Nordschweden mit interessanten Forschungseinrichtungen. Wieder eine Stunde im Niemandsland zwischen Wolken, Himmel und Erde. Dahindösen, Berichte schreiben, auschecken, Taxi suchen, durch die hochsommerlich dämmrig helle Stadt ins Hotel kutschieren und einchecken in die Einsamkeit des fremden Hotelzimmers. So sieht das wahre Jetset-Leben aus.

Morgen geht es dann hinaus aufs karge, weite Land Nordschwedens: Farmen, Versuchsstationen, Forschungseinrichtungen. Dazwischen Gespräche, fotografieren und auf die Termindisziplin achten. Am Abend noch ein schnelles Bier an der Hotelbar und Rückzug in einen unruhigen nächtlichen Schlaf. Warum tue ich mir das an? Wahrscheinlich liegt es daran, dass ich mit meiner Geburt in etwas hineingeraten bin, bei dem das Nichtstun nicht vorgesehen ist.

Die Mehrzahl der bedeutenden Ereignisse beginnen meist ganz harmlos. Du wirst geboren oder nicht geboren.

Wenn du nicht geboren wirst, bist du nicht da und bleibst in der Warteschleife. Irgendwo.

Wenn du geboren wirst, dann „bist du da". Ohne einen Auftrag, ohne Erklärung, ohne eine Gebrauchsanweisung von irgendetwas. Es gibt keine Schaltpläne und keine Abkürzungserklärungen. Im besten Fall werden sie nachgeliefert, aber auch nur, wenn du dich darum bemühst.

Das mit der Windelhose zum Beispiel hat mich von Anfang an gestört. Das war bampstig und auch peinlich. Wenn ich denke, Chris, meine Frau, hätte mich so gesehen. Das wäre wohl gründlich in die Hose gegangen.

Als ich in Oberrettenbach 33 geboren wurde, habe ich dort niemanden gekannt. Wir haben uns erst mühselig aneinander gewöhnen müssen. Da waren Margarete und Johann, meine Eltern, Hedwig und Anton, meine Großeltern, Tante Sofie und Onkel Bert, Heidi und Sophie, Kühe, Ochsen, Hühner und ein semmelgelber Hund namens Milan. Er war, mangels Geschwister, mein erster Spielkamerad. Mein Einstand in Oberrettenbach 33 war, wie bei allen Neuankömmlingen, erbärmlich nackt und mit stinkenden Windeln. Es dauerte seine Zeit, bis ich aus dem Gummihöschen herauskam und der Misthaufen wieder der einzige Stinker am Hof war.

Mein Gott, ich hätte in Afrika geboren werden können oder in einer Stadt wie New York. Aber nein, ausgerechnet in Oberrettenbach 33 bei Margarete und Johann, Anton und Hedwig. Das musste doch eine bestimmte Bedeutung haben.

Aber alles der Reihe nach und schön durcheinander.

IM JAHR 1895 GEBOREN zu werden, war so ziemlich das Schlimmste, das einem passieren konnte. Noch schlimmer war es, als männliche Geburt in dieser Zeit auf diesen Planeten gespült zu werden. Mein Großvater Anton hatte sich das nicht ausgesucht. Aber im Herbst 1895 ahnte das noch keiner, so wie es auch heute niemanden wissen oder voraussahnen kann, was einem Neugeborenen im Leben erwartet. Es ist zunächst die pure Freude, die vorherrscht, damals wie heute. Mutter und Kind sind gesund

und wohlauf. Ein Sohn, ein Hofnachfolger, ist geboren. Für eine Bauernfamilie ein wahrer Segen. Der Staffellauf des Lebens wird fortgesetzt.

Als am darauffolgenden Abend, es war der 16. November 1895, die Nachbarn dem Haus Oberrettenbach 33 einen Höflichkeitsbesuch abstatteten, um zu gratulieren und mit selbstgebranntem Schnaps mit dem Hausherrn auf den Sohn anzustoßen, dachten alle nur an eine gute Zukunft. Es waren keine großen Ansprüche, die sie ans Leben stellten. Auskommen mit dem, was sie der Natur abringen konnten, keinen Hunger, Verschonung von Unwetter und Krieg und persönliche Gesundheit. Das war's. Zum Wohl! Ein Prost auf die österreichisch-ungarische Monarchie und, zum Teufel, auch der Zar in Russland sollte leben, solange er Frieden hielt.

Es roch nach Schweiß und Fusel in der blau ausgemalten Stube mit dem großen Tisch aus Birnbaumholz und dem kurvenreich geschwungenen olivgrünen Diwan. Die Schnapsgläser kreisten, bis die Petroleumlampen heruntergebrannt waren.

JETZT SEIEN SIE KEINE Angeber und behaupten, sie kennten Oberrettenbach. Die Gefahr, sich deswegen zu blamieren, ist gleich null. Oberrettenbach kennt man nicht. Niemand kennt Oberrettenbach außer den Oberrettenbachern selbst und deren unmittelbare Umgebung. Aber was sagt das schon; weltweit gibt es noch viele Orte, die touristisch kaum erschlossen sind. Wer an solche Orte reist, kann sich als Expeditionsteilnehmer fühlen.

Wer kennt *Brownwood* in Texas oder *Tucumcari* in New Mexico oder den Stadtteil *Flatlands* in New York? Trotzdem sollen das laut Kennern wunderbare Plätze auf unserem Globus sein. Informationen über solche Orte werden nur an die besten Freunde weitergegeben; wie Insider-Informationen an den Börsen, mit größter Vorsicht und dem Verschwiegenheitsversprechen.

So ist das auch mit Oberrettenbach. Wer will schon, dass es seine Natürlichkeit, seinen zugegebenermaßen herben Charme verliert? Genau das würde aber passieren, wenn es alle kennten, wenn die touristischen Heuschrecken über es herfielen. Darum ist es gut, dass sie Oberrettenbach nicht kennen und zeigt gleichzeitig, dass der Verschwiegenheitscode funktioniert. Und niemand braucht sich deswegen zu genieren. Eine klassische Winwin-Situation für alle.

ANTON WUCHS ZU EINEM aufgeweckten Burschen mit klugen braunen Augen heran. Mit seinem zarten Körper schien er ungeeignet als Bauer. Aber das war seine Bestimmung. Da gab es kein Entrinnen. Dem Leben kannst du nicht entkommen. Das Zeitfenster seiner Geburt zwang Anton mit 18 Jahren in den Ersten Weltkrieg und mit 43 Jahren in den Zweiten Weltkrieg. Zwei der grausamsten Kriege der Geschichte in einem kurzen Leben. Welche Verhöhnung aller Zukunftshoffnungen jenes schnapsgetränkten Abends im November 1895 in Oberrettenbach 33.

Die Winter 1915 und 1916 waren die schlimmsten seines Lebens. Der Schnee lag meterhoch auf den Bergkämmen entlang des Isonzo. Anton stapfte durch den von Pulverdampf und schweren Stiefeln schmutziggrauen Schnee, sah die steifgefrorenen Körper der gefallenen Kameraden, die wie Skulpturen aus dem Schnee ragten. Die Kälte und Nässe fraß sich auf den langen nächtlichen Wachgängen wie ein Ungeheuer durch die hoffnungslos überstrapazierte Uniform. In den in den Berg geschlagenen höhlenartigen Unterkünften tropfte Kondenswasser von den Wänden und Flöhe und Milben peinigten viele bis in den Tod.

An Tagen nach einer Schlacht hing der Geruch von Blut und warmen Gedärmen über der Stellung.

Anton legte sich flach in den Schnee und robbte vor bis zur Abbruchkante, um das Tal unter ihm überblicken zu können. Er war Späher und seine Vorgesetzten erwarteten einen detaillierten Bericht. Dieser verdammte Isonzo. Ein Fluss, kaum breiter als der heimatliche Ilzbach, eingeklemmt zwischen Bergen am Rande der Alpen. Was war hier so besonders wertvoll? Anton hasste diesen Krieg.

Aber Anton konnte anpacken. Seine Zähigkeit war legendär. Vom Isonzo war er mit zwei steifen, eingeknickten, sehnenverkürzten Fingern zurückgekehrt; einer Schussverletzung, gerade so, als hätte er mit der Hand versucht, die Gewehrkugel zu fangen. Dennoch begann er all seine Kraft in den Aufbau des Hofes zu legen. Er schaffte und rackerte, mähte und striegelte, heiratete seine hübsche Hedwig und zeugte Kinder. Trotz der kargen Jahre klang bald helles Kinderlachen aus fünf verschmierten Mädchenmündern über die Hügel. Das Tapsen von nackten Kinderfüßen auf den Steinfliesen des Vorhauses wurde zur Erkennungsmelodie von Oberrettenbach 33. Viel wurde geschafft, bevor der nächste Krieg wieder zu den Waffen zwang und alles zerstörte. Überleben hieß die Devise. Irgendwie weiterleben. Wieder bei null beginnen. Noch einmal neu anfangen, mit nichts, nur mit der eigenen Hände Kraft. Die Regeln dieses Spieles kannte Anton inzwischen.

Der Krieg und die Entbehrungen hatten Antons schmächtigen Körper ausgelaugt. Die Kraft war nicht mehr die gleiche wie vor zwanzig Jahren. Nur die Zähigkeit, die Ausdauer und der Wille waren geblieben.

Bald ging es wieder bescheiden aufwärts. Alle halfen zusammen. Die Kleinen und die Großen, jeder tat seinen Teil zum Gelingen. Für niemanden in der Familie gab es Ausnahmen. Man lebte karg und sparsam. Dafür sorgte Hedwig. Bald standen wieder mehr Kühe und Schweine im Stall und die ersten Freier der Töchter ließen Anton auch in der Nacht nicht vollends zur Ruhe kommen.

In Oberrettenbach 33 ging es in diesen Jahren turbulent zu. Fünf außerordentlich hübsche Töchter verdrehten den Burschen der Umgebung die Köpfe. Junge Männer umschlichen nächtens den Hof. Lachende Mädchengesichter umtanzten die Fenster. Einer dieser nächtlichen Besucher, der zu seiner blonden Maid, meiner späteren Mutter, zum Fenster aufblickte, war mein Vater Johann. So kam auch ich langsam ins Spiel. Auf diese Weise hat Oberrettenbach 33 schon immer für den Fortgang der Geschichte gesorgt. Aber für Anton war es eine schwierige Zeit, wie für jeden Vater, dessen Töchter pubertieren.

Dass ich ausgerechnet an dem Tag, als der Tierarzt das einzige Pferd am Hof umbrachte, geboren wurde, zeigt nicht nur die Dramatik der Ereignisse, sondern auch die Veränderung der Zeit. Das Pferd Fritz war tot. Aber der Bub lebte. Statt Fritz gab es jetzt einen Hans. Eine neue Generation schrie ihren Babyhunger durch das Haus in Oberrettenbach 33. Das erschreckte selbst die Ochsen.

Auch die Besucher staunten und versuchten, den Neuen einzuordnen. Ganz wie der Papa. Der Mama wie aus dem Gesicht geschnitten, urteilten sie.

Mag sein liebe Leute, mag sein. Aber bedenkt doch, welcher Gen-Cocktail in mir brodelt. Die Gene von Johann und Margarete, dazu die von vier Großeltern, acht Urgroßeltern und, um die Spur vollends zu verwischen, verdünnen, auch noch sechszehn Ururahnen den Genmix. Wer bin ich?

Onkel Bert hatte dafür eine einfache Erklärung: Von vorn sieht der Bub aus wie der Papa, meinte er, und von hinten wie die ganze Verwandtschaft.

OBERRETTENBACH 33 IST DIE ADRESSE eines alten Bauern-
hofes, über dessen Existenz zum ersten Mal 1749 berich-
tet wurde. Im Schloss Versailles in Frankreich vergnügte
sich zu dieser Zeit Ludwig XV. mit seiner Mätresse, der
Marquise de Pompadour. Kaiserin Maria Theresia ärgerte
sich in Wien über die Preußen, James Cook hatte Aust-
ralien noch nicht entdeckt und Mozart war noch nicht
geboren. Es waren noch vierzig Jahre, bis die Französi-
sche Revolution diese Welt radikal verändern und noch
zwanzig Jahre, bis Napoleon seinen Schatten auf diesen
Planeten werfen sollte.

Als 1776, siebenundzwanzig Jahre nach der urkundli-
chen Erwähnung von Oberrettenbach 33, die Vereinigten
Staaten von Amerika gegründet wurden, war in „Oberrettenbach 33" schon die zweite Generation am Werk.

Das Haus Oberrettenbach 33 steht oben auf einem
Hügel mit einer wunderbaren Rundumsicht. Wenn ich
vor dem Haus stehe und nach Norden schaue, sehe ich
die blauen Berge und am Nachbarhügel die Häuser der
„Stadt", von Prebensdorf-Stadt, der kleinsten Stadt der
Welt. Gegen Südwesten ist der Blick frei und zeigt mir an
klaren Tagen das Grenzgebirge zu Kärnten.

„O 33" ist ein Gehöft mit einem von allen vier Seiten
umschlossenen Innenhof, der im Sommer wohltuenden
Schatten spendet und im Winter ein Wechselspiel zwischen wolliger Geborgenheit und surrealistischer, weißer
Schönheit nach nächtlichem Schneefall vermittelt. Dieser
abgegrenzte vierkantige Hof war für viele Jahre mein Universum, das mir jeden Tag die Stimmungslage dieser Welt
zeigte. Einmal die wohltuende Ruhe des Innehaltens im
sommerlichen Landregen mit einschläfernden gurgelnden
Geplätscher und dann wieder die überschäumende Le-
bensfreude im morgendlichen Konzert der Vögel am azur-
blauen Himmel über den roten Dachfirst. Dieser Hof hat

stets meine Neugier herausgefordert und in mir Hellhörigkeit und Leidenschaftlichkeit geweckt.

Umzingelt von Gegenden und Orten, benannt mit so klingenden, bildreichen Namen wie Ober-Rettenbach, Hart-Berg, Reichen-Dorf, Gleis-Dorf, Pischels-Dorf, Roma-Tschachen, Feld-bach, Hirns-Dorf, Fürsten-Feld, Kain-Dorf oder Si-Nabel-Kirchen. Eine solche Umgebung befeuert die Fantasie und weckt die Neugier. Jedes Mal, wenn ich heute einen dieser Namen in einer aktuellen Verkehrsdurchsage im Radio höre, spüre ich, wie es in mir kribbelt und krabbelt.

Das ist Oberrettenbach 33. Von hier aus bin ich gestartet. Es gab keine perfekte Rollbahn, aber man konnte, wenn man genug Schwung hatte, abheben.

Schlimm waren für mich als Jugendlicher immer die Abreise, der Bahnhof, der wartende Zug, die Trostlosigkeit des Bahnsteiges, der Mief von kalten, abgestandenen Zigarettenrauch in den Waggons, das Mich-Fortbringen von Daheim.

Eine Heimat zu haben, bedeutet daheim sein können. Wer es daheim angenehm hat, geht nicht gern fort. Aber wenn du jung und neugierig bist, musst du hinaus aus dem Nest. Das war am Anfang nicht einfach. Ich musste mich durchsetzen, es durchhalten und mich durchbeißen, so wie sich ein Wurm durch einen Apfel beißt.

Wer weggeht, verliert alte Freunde und muss wieder neue finden, muss flexibel und offenbleiben, sich auf das Fremde einlassen.

Behilflich dabei war mir meine Abenteuerlust. In mir schlummert ein Abenteurer. Ich bin ein Freigeist, ein Europäer, ein Kosmopolit.

Schön war immer das Heimkommen, zu Weihnachten, in den Semesterferien, zu Ostern und am Schulschluss: die Neuigkeiten zu Hause, das Sprechen im gewohnten Dialekt, das Fortsetzen einer begonnenen Arbeit, die Nachbarn, die vertraute Landschaft.

Eine Heimat zu haben ist ein großartiges Gefühl. Heimkommen in der Nacht und nach einem längeren Fortsein, die beleuchteten Fenster von zu Hause zu sehen, zu wissen, hier warten meine Liebsten auf mich, ist ein Glücksgefühl der besonderen Art.

Aber um dieses großartige Gefühl des Heimkommens erleben zu können, musst du zuerst einmal für längere Zeit fortgewesen sein.

Jung, fast noch als Kind, habe ich das Nest verlassen. Dort, wo ich jetzt war, sprachen alle vom Internat. Es war weit weg und lag weit draußen „in der Pampa". Schmerzliche Gefühle für alle. Aber die eigene Lebenserfahrung gaben Margarete und Johann die Gewissheit, dass nach jeder Phase des Schmerzes eine als besonders wohltuend empfundene schmerzfreie Zeit beginnt. Aber niemand wusste, ist der Zugvogel weg oder ist es der Lachs? Alles war ungewiss und voller Risiko.

Zugvögel kommen und fliegen wieder. Sie sind kurz da und wieder weg. Sie sind Nomaden der Lüfte. Lachse sind Fische. Sie leben nach einer anderen Strategie. Sie verlassen jung den Ort ihrer Geburt und reisen jahrelang durch die Ozeane. Nur noch einmal kommen sie an den Ort ihrer Geburt zurück, um für Nachwuchs zu sorgen und dann zu sterben.

Das sind zwei völlig differente Konzepte. Jedes für sich geheimnisvoll und undurchschaubar. Das eine, eine Spur versöhnlicher, das andere radikaler, in der Summe unter dem Strich aber mit ähnlichem Ergebnis. Aber welches Konzept würde meines sein? Wozu, frage ich mich, bedient sich die Natur solcher strengen Strategien mit einer derart kompromisslosen Reglementierung? Wer den vorbestimmten Regeln zuwiderhandelt, stirbt. Das ist schlimmer als bei der Mafia.

UMEÅ/VÄSTERBOTTENS. MEINE NEUGIER FÜHRT mich seit Jahren hinaus in unbekannte Weiten, weit weg vom heimatlichen Nest. Jetzt stehe ich hier in Nordschweden, knapp unter dem Polarkreis, und denke, welche normale Verrücktheit bringt einen Oberrettenbacher in diese abgelegene Gegend? In Oberrettenbach halten sich alle für normal und niemand für abgelegen oder gar für verrückt. Das macht das Zugvogelleben für einen Neugierigen wie mich so außerordentlich. Bin ich am Ende nicht normal?

Schließlich bin ich ein Wiederholungstäter. Schon eine meiner ersten Reisen führte mich, jung noch, in den hohen Norden Kanadas nach Whitehorse ins Yukon-Gebiet. Damals wollte ich mir einen Traum erfüllen und erntete eine schlimme Niederlage.

Über Vancouver bin ich hinaufgeflogen nach Whitehorse, das war ich Jack London, dem „Seewolf", „Wolfsblut" und all den anderen Helden meiner Jugend schuldig. Ich wollte den frischen Atem des Nordens inhalieren, die weite, karge Landschaft spüren, ungezähmte Natur erleben und den Goldgräbern nachspionieren. Der mächtige Yukon River schlängelt sich von hier hinaus, durchfließt Alaska und mündet in die Beringsee, der Meerenge zwischen Alaska und Sibirien. Die weitläufigen Berge stehen Spalier. Elche und Bären pirschen an seinen Ufern und in den Nächten tanzt das Polarlicht über die stille, weite Landschaft.

Das Wetter war prächtig und hochsommerlich schön gewesen und ich war kein bisschen überrascht, alles so vorzufinden, wie ich es mir vorgestellt hatte. Selbst die S. S. Klondike, das Schiff, das zu Beginn des 20. Jahrhunderts, als Anton in Oberrettenbach 33 zum ersten Mal in die Schule aufbrach, die Goldgräber und ersten Siedler ins Land brachte, stand frisch renoviert am Ufer und erzählt von jenen Pioniertagen.

Aber schon der nächste Tag wurde zum Marter-Tag. Es blies ein scharfer Wind, und ich fühlte mich müde ohne Neugier, hockte in Gebäuden herum wie einer, der ohne Appetit in seinem vollen Teller herumstochert. Früh schlich ich mich aufs Zimmer. In der Nacht, die hell war, erwachte ich schweißnass. Mein Gott, mir war so speiübel gewesen und meine Muskel schmerzten, als wäre ich die ganzen 2.500 Kilometer hier hoch, von Vancouver nach Whitehorse, zu Fuß gelaufen und hätte davon einen riesigen Muskelkater bekommen. Der kalte Schweiß stand mir auf der Stirn und ein herbeigeschafftes Fieberthermometer zeigte 38 Grad. Der Arzt auf der Krankenstation tippte auf eine Verkühlung oder Grippe und riet mir, im Bett zu bleiben.

Inzwischen ging es mir so miserabel, dass ich mich entschloss abzureisen. Enttäuscht buchte ich um: Whitehorse to Vancouver, to Amsterdam, to Vienna. Als ich nach einem Flug, der mir schier endlos erschien, am übernächsten Tag, gegen Mitternacht, völlig zerschlagen und zermürbt zu Hause ankam, war die Lungenentzündung voll ausgebrochen. Statt der frischen Luft der Tundra schluckte ich Antibiotika und phantasierte von Lachsen und Grizzlybären.

All das hatte ich damals als bittere nordische Niederlage empfunden, aber ich habe sie hingenommen. Irgendwie hängt man ja doch an seiner Lunge.

Jetzt, in dem kleinen, überschaubaren Flughafengebäude von Umeå liefere ich einen Fingerabdruck meines Zeigefingers für die Datei. Obschon noch die Sonne vom Himmel scheint, ist es bereits später Abend in Umeå. Hier am Beginn des Polarkreises bleibt die Sonne um diese Zeit sehr lange am Himmel und verfälscht die eigene Wahrnehmung. Die Douglas DC-9 steht direkt neben dem Gebäudeausgang, wie ein Bus an der Haltestelle. Es ist das letzte Flugzeug, das heute noch nach Stockholm abhebt. Nach Mitternacht werde ich in meinem Hotel sein. Morgen nach dem Frühstück bin ich zum Presse-Briefing geladen. Zu Mittag, Mittagessen mit Damen und Herren des schwedischen Landwirtschaftsministeriums. Anschließend eine Hafenrundfahrt mit Spezialinformationen über die schwedische Holzwirtschaft. Danach ab zum Airport und zurück nach Wien. Das ist ein klares Programm, wie es die Menschen in Oberrettenbach lieben, aufgeräumt und überschaubar.

Es gibt Zeiten, da hat man nichts anderes zu tun, als sich zu erinnern. Zu den eindrücklichsten Kindheitserlebnissen, derer ich mich gern erinnere, gehören jene Winterabende, an denen wir abends zu Ida und Albin zum Fernsehen gingen. Der Winter war die Erholungszeit der Bauern, wenn die Arbeit eingefroren und eingeschneit unter einer dicken Schneedecke lag. Ida und Albin hatten den ersten und einzigen Fernseher in unserer Gegend. Das waren Fernsehfeste. Nachbarschaftstreffen. Gesellschaftliche Ereignisse.

Bei besonderen Filmen oder Übertragungen von Aufführungen der Löwingerbühne haben Ida und Albin ihre Stube zum Kinosaal umgebaut. Aufgestellte Obstkisten mit darübergelegten Brettern dienten als Sitzmöglichkeit. An vielen Abenden war die Stube bis auf den letzten Sitz ausgebucht und Ida und Albin und ihren Kindern blieb kaum noch Platz. Es wurde gelacht, geschwatzt und gescherzt, wie überall, wo sich Menschen in lauterer Absicht begegnen.

Nie werde ich diese nächtlichen Heimgänge bei klirrendem Frost nach einem Fernsehabend vergessen. Eine kleine nächtliche Prozession von Kindern und Erwachsenen.

Es waren unheimliche Geräusche: der Ruf des Kauzes, des Totenvogels, das Winseln des Sturmes in den Wipfeln des Waldes, das Knirschen des Schnees unter den Schritten der einsamen nächtlichen Wanderer, das fahle Licht des abnehmenden Mondes. Da ein brechender Zweig, dort ein unheimliches Rauschen im Wald. Gruselig. Meine kindliche Phantasie galoppierte in den verrücktesten Sprüngen und verstrickte mich in schaurig-schöne Abenteuer von uns verfolgenden Ungeheuern und Dämonen. An klaren Winternächten, wenn der Mond schon am Himmel stand, warfen die Bäume lange, dunkle Schatten in den weißen Schnee und hinter jeden dicken Hirschbirnbaum konnte jemand lauern. Aber ich war mutig und hakte mich, mit zittrigen Knien, fest bei Margarete und Johann ein.

Jeder dieser nächtlichen Ausflüge zauberte ein neues Stimmungsbild. Keine Nacht war gleich wie die vorige. Einmal schien der Mond hell und der weiße Schnee zeigte die Landschaft in einem bekannten Bild. Dann wieder stürmte es. Die wilde Jagd fegte über das Land. Nichts als pechschwarze Nacht mit fremdartigen Gestöhne und Geächzte, als hinge jemand am Marterpfahl.

So war das damals, als noch niemand einen Fernseher hatte – außer Ida und Albin. Da spielten sich draußen die nervenzerfetzensten Szenen bei jedem Rascheln im Unterholz ab; drinnen hingegen wurde über die Tollpatschigkeit der Löwingers in einem Schwank der Bauernbühne gelacht. Das Spannendste blieb immer der nächtliche Nachhauseweg. Diese zehn oder fünfzehn Minuten waren meine großen kindlichen Abenteuer. Sie haben mir die Gänsehaut auf den Rücken gezaubert und mich feinfühlig auf Geräusche zu achten gelehrt. Sie haben mir eine völlig neue Welt eröffnet. Ich weiß heute keinen einzigen Film von damals mehr, aber noch alles von jenen adrenalingepeitschten nächtlichen Heimgängen. Wahrscheinlich sehe ich mir deswegen keine Horrorfilme an; sie wirken wie Schlaftabletten auf mich. Abhärtung wirkt eben doch.

DER SÜDÖSTLICHE TEIL ÖSTERREICHS, nicht allzu weit entfernt von der Grenze zu Ungarn im Osten und zu Slowenien im Süden, ist seit jeher reich an abenteuerlichen Geschichten, von gerissenen Kobolden, kriegerischen Reitervölkern und lieblichen Feen. Hier gibt es alles, was das Leben angenehm macht, sanfte Hügel mit bunten Obstgärten, zart geschwungene Weinberge, erholsame Thermen, Buschenschänken (so bezeichnet man in dieser Gegend die Heurigen) und liebliche Dörfer mit festlichen Bräuchen.

Ein besonderes Fest war für mich Fronleichnam mit der Fronleichnamsprozession. Große, schwere Fahnen und Standarten werden von Trägern vorausgetragen. Die Blasmusik gibt den Marschschritt vor und alles ist feierlich mit Gebetsgemurmel, Vorbetern, Nachbetern und rosenstreuenden Erstkommunionskindern. Dazu alle Vereine „Hab acht".

Mit dem Pfarrer, der mit Monstranz unter dem Brokathimmel in der Mitte geht, zieht die Prozession mit Marschmusik und Segenssprüchen vorbei an den mit frischem Birkengrün geschmückten Häusern. Fronleichnam ist die „Showtime" der Katholiken.

Zu einem ganz besonderen Ort wird diese Region für den, der so wie ich auf einem der verstreut liegenden Bauernhöfe oben, auf dem mit Obst und Wein bewachsenen Hügel, aufgewachsen ist.

Soll doch keiner erzählen, da seien Wien oder Berlin, Paris oder New York die viel besseren Plätze, weil dort die große, weite Welt zu Hause sei. Ich habe seit Kindheitstagen die große, weite Welt jeden Tag vor dem Haus oben am Hügel gesehen.

Nie konnte ich mich satt sehen. Jeden Tag gab es etwas Neues. Und alles, was es auf der Welt gibt, gab es auch auf meinem Bauernhof oben am Hügel: meine Hennen-Regimenter, meine Enten-Späher, meine gefleckten Rinder-Mustangs und meine Nachbarbuben-Indianer. Überall lockte das Abenteuer, und ich saß oben auf meinem Baumhaus und hatte alles im Griff. An besonders heißen und schwülen Sommertagen schwang ich mich wie Tarzan in meinem eigenen Urwald von Baum zu Baum und mein markerschütternder Schrei verscheuchte sogar die Hühner, die sich im Schatten des Waldes mit weit gespreizten Flügeln und offenen Schnäbeln von der Sommerhitze erholten.

Auf diese Weise zeigte sich schon früh, welch abschreckende Wirkung ich haben konnte und welche urwäldlerischen Gedanken mich umschwirrten.

TORREMOLINOS/ANDALUSIEN. NOCH NIE VON Torremolinos gehört, von dieser Stadt an der Costa del Sol, an deren Sandstrand das Mittelmeer knabbert? Nie das Buch „Die Kinder von Torremolinos" gelesen? Ich war dort und ich habe das Buch gelesen. Die Höhepunkte dieser Jahre habe ich allerdings verpasst. Für die Blumenparaden war ich noch zu jung.

Torremolinos hat eine bemerkenswerte Vergangenheit. Heute wirkt der Ort irgendwie vernachlässigt und strahlt etwas Morbides, längst Vergessenes aus. Dabei war Torremolinos einst ein europäischer „Hot Spot" der Hippies. Hier hat man sie gelebt, die freie Liebe, das Blumenkinderparadies, den Traum von „Peace and Love". Wozu sich immer gleich die Schädel einschlagen, bevor man noch von den wirklich schönen Dinge des Lebens gekostet hat?

Die Botschaft dieser Jahre hieß Aufbruch. Weg mit den alten Mustern. Weg mit den Verboten. Weg mit den Sittenwächtern. Weg mit den Grenzen und eisernen Vorhängen. Das war ziemlich radikal für damalige Verhältnisse. Aber gerade recht für einen, der dabei war, die Welt jenseits der Hügel von Oberrettenbach 33 zu entdecken. Dadurch haben sich neue Türen geöffnet und Zeitfenster der Veränderungen aufgetan. Niemand hatte Angst vor der Zukunft. Kein Mensch dachte an seine Pension, die er einmal bekommen würde oder auch nicht. Jeder war optimistisch, alles schien möglich, wenn man es wirklich wollte.

In jenen Jahren wurden viele Verrücktheiten ausprobiert, auch im einst verschlafenen Fischerstädtchen Torremolinos. Heute reist niemand mehr nach Torremolinos, um etwas Besonderes zu erleben, es sei denn eingeschworene Fans von Malaga-Eis. Schließlich liegt die Stadt Malaga in Rufweite von Torremolinos.

Für mich waren es aufregende Tage damals in Torremolinos, als nur wenige die Vorzüge von Malaga-Eis kannten.

Pischelsdorf. Der Kirchweg nach Pischelsdorf zur Kirche über den Lehardi-Wald war ein hartes Stück sonntäglich wiederkehrender religiöser Übung. Ich habe diesen Weg gehasst.

Dieses lange Gehen durch den Wald, hügelauf und hügelabwärts in sonntäglicher Aufmachung, hat mich bedrückt. Dazu das strenge Prozedere in der Kirche. In meiner Phantasie habe ich mir eine bessere Welt erträumt. In diesen Stunden des sonntäglichen Kirchganges ist meine Sehnsucht nach Aufbruch und nach Ferne gewachsen. Aber für Hedwig und Anton gehörte es dazu. In den 1950er-Jahren war die Kirche noch mächtig und scheute sich nicht, dem Einzelnen ihre Macht zu zeigen.

Nach der Stallarbeit waschen, den schwarzen Anzug aus dem Kasten bürsten, das weiße Hemd mit Krawatte und Gilet überziehen: Das war für Anton Sonntag, das unterschied die Tage. Bei schönem Wetter war der Weg staubig. Bei Regen klebte der Lehm schwer an den Schuhen und verlängerte durch sein Gewicht die Distanz zur Kirche von vier auf acht Kilometer. Die große Pfarrkirche war wie immer gedrängt voll. Wie die Mehrzahl der

Kirchgänger hatte auch Anton seine Schuhe bei Erreichen der gepflasterten Straßen des Ortes fein säuberlich gereinigt und mit einem eigens mitgebrachten Tuch wieder auf Glanz gebracht. Hedwig wechselte ihre Schuhe seit Jahren im Haus einer Bekannten im Ort, um so – im wahrsten Sinne des Wortes – das Gotteshaus tadellos betreten zu können. Niemand sollte ihnen etwas nachsagen können, weder dem Zustand ihrer sonntäglichen Kirchenschuhe noch der Integrität ihrer Familie. Das schuldeten sie ihrem Stolz. Nach der Kirche kehrten sie beim „Thomaser" ein, einem der fünf Wirte im Ort. Anton bestellte wie immer eine Beuschelsuppe und zwei Achtel Rotwein. Ein Achtel goss er in die heiße Beuschelsuppe, rührte um und bröselte reichlich Weißbrot dazu. Hedwig blieb ihrem Würstel mit Senf treu und trank ein Glas Riesling. Das war ihr sonntäglicher Luxus.

Lange Zeit fuhren sie mit der Kalesche in die Kirche. Seit aber der Tierarzt bei einer Routineuntersuchung den Hengst Fritz mit der Magensonde den Magen durchstoßen hatte und damit tötete, gingen sie wieder zu Fuß. Als eine Art Teilentschädigung waren sie jetzt stolze Großeltern eines Buben. Die ersten vereinzelten Wundermaschinen namens Traktor tauchten in der Gegend auf. Lohnte es sich da noch, ein Pferd zu kaufen?

Hedwig war eine starke Frau. War es bei Anton die Zähigkeit, mit der er sich in eine Sache verbiss und sie zu Ende brachte, war es bei Hedwig die Dynamik. Sie war der sprudelnde Vulkan, der antrieb, Entscheidungen traf, neue Wege beschritt und auch spontan zugriff. Anton war diesbezüglich zurückhaltender, abwartender und risikoscheuer. Sie hat in den schweren Kriegsjahren den Hof bewirtschaftet, die Kinder zusammengehalten und den älteren Töchtern eine Ausbildung ermöglicht. Sie war schlau und listig und ließ sich mit den Politkommissaren des NS-Regimes auf keine Kompromisse ein. Der offizielle

Bestand an Kühen und Schweinen war der, den die Kontrolleure zu sehen bekamen. Davon wurden die Zwangslieferungen an das Regime berechnet. Das Unsichtbare blieb unberücksichtigt; es bedurfte aber viel Geschick und Mut, es unsichtbar bleiben zu lassen. Hedwigs Kreativität, ein oder mehrere Schweine unauffindbar für jeden Fremden zu verstecken oder Hühner wie Fasanen im Wald zu halten, wurde in der Familie bewundert. Resolut wehrte sie ihr ungerecht erscheinende Forderungen ab und verhandelte mit Politikkommissaren genauso auf Augenhöhe wie mit Behörden. Ihre Unerschrockenheit war bei Freunden und Nachbarn bekannt. Immer wenn sich irgendwo in der Nachbarschaft ausweglos erscheinende Situationen auftaten, kamen sie damit zu Hedwig. Ganz besonders gefragt waren ihre ärztlichen Hilfestellungen. Sie nähte aufgerissene Ferkelbäuche mit Nadel und Zwirn, half bei schwierigen Geburten im Schlafzimmer wie im Stall und kannte so manches Kraut gegen herkömmliche Wehwehchen. Für mich waren das spannende Zeiten, wenn wieder ein quiekendes Ferkel mit aufgeschlitztem Bauch auf dem Tisch lag, Hedwig Nadel und Zwirn holte und ich mir die Ohren zuhielt, um die gellenden Schreie des Schweines nicht zu hören. Oh Gott, wie lange das immer dauerte. Ein Kleid war schneller genäht.

In einer Zeit, in der Ärzte für Mensch und Tier am Land rar und zu Fuß oder per Fahrrad unterwegs waren und jedes Tier kostbar war, schätzte die ganze Umgebung Hedwigs rasche und beherzte Hilfe. Für sie war das selbstverständlich und sie tat es gern.

DIE JAHRE FORDERTEN IHREN Tribut. Hedwig und Anton zogen sich auf ihrem Altenteil zurück, ohne deswegen ihre Arbeit in Feld und Stall einzuschränken. An schönen Sommertagen legte sich Anton noch immer nach dem Mittagessen in den Schatten des Kirschbaumes vor dem Haus. Sein Körper war mit dem Alter noch schmächtiger und dürrer geworden. Jedes Kleidungsstück schlotterte an ihm und wirkte zu groß und überdimensioniert. Nur die Haare waren noch immer pechschwarz und dicht. Das Nickerchen tat ihm gut. Es gab ihm Zeit, seine Pfeife zu rauchen und nachzudenken. Er dachte an die fremden Länder und Gegenden seiner Jugend. An die fremden Sprachen, die er nicht verstanden hatte. An den Krieg und die schönen Plätze im italienischen Karst, von denen aus er an stillen Momenten das Meer mit den feindlichen Schiffen am Horizont sehen konnte. Und er spürte wieder die Angst. Es war gut, jung fortzugehen und Veränderungen zu sehen, bevor sie einen im Alter erdrückten. Fort sein ohne Krieg, das war schön. Davon hätte er sich mehr gewünscht. Aber vielleicht hatte der Junge im Haus mehr Glück.

BERLIN – HAMBURG – Kiel – Eckernförde – Dänemark. Der „Airbus" malt eine große Schleife Richtung Berlin in den wolkigen Morgenhimmel Wiens. Am Horizont sehe ich den Neusiedlersee oder bilde mir ein, ihn zu sehen. Ich blicke kurz hinunter zu den schrumpfenden Häusern, ziehe das Rollo vors Fenster und versuche zu schlafen, um den Verlust durch die frühe Anreise wieder auszugleichen. Statt Schlaf drängt sich mir aber Hamburg mit alten Geschichten auf.

„Buxtehude": Dieser Name auf einem Hinweisschild am Hamburger Hauptbahnhof haute mich fast aus den Schuhen. Buxtehude ist tatsächlich ein realer Ort? Gibt es das? Für einen südlich der Alpen Domestizierten ist das schwer zu begreifen. Dort, wo ich herkomme, ist Buxtehude nur ein Begriff der Fantasie, so wie der „Erlebnispark" Tripsdrill. In der Erinnerung meiner Kindertage wünschte man unangenehme Zeitgenossen nicht zum Teufel, sondern „nach Tripsdrill"; einen, der schwer von Begriff war, fragten sie: „Kommst aus Buxtehude?" Deshalb waren das für mich Fantasiebezeichnungen wie Himmel und Hölle; wo man auch nicht so genau weiß, wo das tatsächlich ist.

Aber nach Buxtehude gibt es ein Hinweisschild und einen Bahnsteig am Hauptbahnhof in Hamburg. Also gibt es diesen Ort tatsächlich. Ich könnte jetzt nach Buxtehude fahren; in eine Stadt mit 40.000 Einwohnern, ungefähr hundert Mal so groß wie Oberrettenbach, wo man Buxtehude für ein lustiges Wortspiel hält. Mich wirft das fast aus meiner Umlaufbahn. Seither weiß ich, dass es auch Fabelwesen wirklich geben kann. Die Welt ist voller Einhörner und Hubertushirsche.

Das war vor langer Zeit, als ich als Student in dieser Bahnhofshalle stand und nach einem Anschluss nach Eckernförde suchte. Viele Sommer hindurch jobbte ich oben in Hohenlieth und verdiente gute Deutsche Mark.

Hamburg ist eine großartige Stadt, hier fand ich mich mit dem Auto stets besser zurecht als in Oberrettenbach. Schon in den 1970er Jahren des vorigen Jahrhunderts standen hier an jeder Kreuzung übersichtliche Wegweiser; zu dieser Zeit musste man in Oberrettenbach bei jeder Straßengabelung noch raten: geradeaus oder doch links abbiegen?

Jetzt bin ich wieder da, mit dem ICE aus Berlin gekommen. Die Hamburger Bahnhofshalle ist noch genauso weitläufig und auch das Hinweisschild nach Buxtehude gibt es noch, Gott sei Dank. Aber ich steige um in den Zug nach Kiel und dann weiter nach Dänemark zu einer Tagung über erucasäurefreien Raps. Momentan sind mir aber ganz andere Dinge säurefrei.

Hier im Norden Deutschlands habe ich einen Teil meiner besten Jahre gelebt. Ich liebe die großen, weiten Ebenen, die steifen Brisen der Ostsee, die Strandkörbe und die direkte Art der „Nordlichter". Nur keine Sentimentalitäten, denke ich, während ich in die brettelebene Landschaft gucke.

Wieder umsteigen in Kiel. Am Hafen gab es die schnulzigsten Tanzkneipen. Die Mädchen aus Hohenlieth waren jedes Mal begeistert. Heiße Nächte in Kiel und kalte, mitternächtliche Quallenschlachten in der Bucht von Eckernförde. Holstenbier, Müsli und Grütze von Oma Leni spendeten Energie für Dreißig-Stunden-Schichten am Stück. Jugendlicher Übermut von einst.

Der Zug ist knapp vor Flensburg, und unsere kleine Gruppe hat den Speisewagen noch immer nicht gefunden. Stattdessen kommt ein Schaffner mit Bier durch. Joe sucht seine Hotelreservierung, und irgendeiner der Hochgebildeten mault: „There is something rotten in the state of Denmark." Hoffentlich ist nicht die Rapsernte vom Vorjahr verfault, dann gibt es morgen nichts zu sehen.

Vielleicht wäre ich überhaupt besser ins „Alte Land" nach Buxtehude abgezweigt und weiter in den baden-württembergischen „Erlebnispark" Tripsdrill gereist und hätte mich mit eigenen Augen vergewissert, dass die Fabelorte meiner Kindheit doch existierten, statt mich hier mit *Hamlet*-Zitaten herumzuschlagen.

AN EINEM SONNTAGNACHMITTAG IM Mai besuchten uns Onkel Bert und Onkel Toni. Es hatte leicht geregnet und von den Blättern der Bäume tropfte Wasser. Sie wollten in den Wald gehen und junge Wildtauben „ausnehmen". Jetzt sei dafür die beste Zeit. Ich, als Kind, sollte mitkommen, ich sei schlank und behände und könne auf die Bäume klettern und die jungen Vögel aus den Nestern holen. Johann organisierte zwei hölzerne Leitern und ab ging es in den Wald. Onkel Toni trug einen Jutesack quer über die Schulter, in dem die Jungtauben gesammelt werden sollten. Ich stapfte bloßfüßig über die regennasse Wiese hinter ihnen her.

Im dichten Jungwald war es dunkel und nass. Ab jetzt wurde nur noch geflüstert, um die Wildtauben nicht zu verscheuchen. Onkel Toni und Bert spähten nach den Wipfeln der dichtstehenden Fichten, um darin Vogelnester zu finden.

„Da, siehst du es?" Onkel Bert deutete auf eine Tanne mit breiten Ästen auf der hoch oben ein üppiges Nest thronte. Johann platzierte die Leiter zwischen den Ästen und ich kletterte hoch, traute mich aber nicht, in das Nest zu greifen. „Ich zeig dir das", sagte Onkel Toni und stieg samt Jutesack die Leiter hoch. „Wenn ein Altvogel da wäre, würde er jetzt wegfliegen", erklärte Onkel Toni. „Die jungen Tauben können aber noch nicht fliegen, deshalb bleiben sie im Nest." Ich machte mich noch kleiner, als ich war, und Onkel Toni griff über mich hinweg und holte zwei dicke Jungtauben mit spärlichem Federbewuchs aus dem mit Zweigen gebauten Nest und steckte sie in seinen Jutesack. „So macht man das", sprach er laut und stieg die Leiter hinunter.

Es war nicht einfach, Nester zu finden. Der Jungwald stand so dicht, dass man vom Boden aus keine Nester mehr erkennen konnte. Johann lehnte einfach auf gut Glück die Leiter an einem Baum und Onkel Bert oder Toni kletterten hoch, während Johann die Leiter sicherte. Manchmal klappte es und sie fanden ein Nest mit Jungtauben, dann wieder war da ein Nest, das leer war. Noch öfter war da gar nichts, nur nasse, glitschige Fichtenzweige.

Endlich, am späten Nachmittag, wir waren alle klitschnass, sagte Onkel Toni, das es nun reiche. Der Sack hatte jetzt einen kleinen Bauch, in dem sich etwas bewegte. Als wir aus dem Wald auf die Wiese traten, blendete uns die Sonne. Die Regenwolken hatten sich verzogen und Feuchtigkeit dampfte aus dem Boden. Die Männer lüfteten ihre Hüte und wischten sich über die nassen Haare.

Zu Hause schlachteten die beiden Onkel die Jungtauben, während Hedwig in der Küche den Ofen anheizte und die große Bratpfanne mit Schmalz auf die Platte stellte. Anton und Johann holten Most aus dem Keller und bald saßen alle um den Eichentisch und schmatzten knusprig gebackene Täubchen. Ein Fest des Überflusses in kargen Zeiten, das alle genossen. Nur Margarete verweigerte sich. Sie mochte keine gebackenen Jungtauben, weil ihr die Vögel leid taten. Dabei schmecken sie toll, wenn man Hunger hat. Die Szenerie erinnerte mich an das Märchen „Schlaraffenland", in dem gebratene Vögel durch die Luft flogen und sich jeder nehmen konnte, so viel er wollte. In unserem Fall waren die Tauben gebacken und sie konnten nicht mehr fliegen.

In jenen Jahren gab es wenig Fleisch. Die Nachfrage war groß und das wenige Vieh, das wir hatten, wurde verkauft, weil wir Geld dringender brauchten als Fleisch. Fleisch kam nur sonntags und an Schlachttagen auf den Tisch, wenn wir ein Schwein schlachteten. Das Schwein schrie, wenn es mit einem Strick ums Maul aus dem Stall gezerrt wurde. Wenn es endlich ruhig im Gras des Hofes stand, erschoss es Anton mit dem Gewehr und stach ihm mit einem langen Messer direkt ins Herz. Das Blut sprudelte mit kleinen Luftblasen in die Schüssel, wo es Margarete mit einem Quirl rührte, damit es nicht gerann. Ich stand dabei und hielt mir die Ohren zu, bis man mir bedeutete, es sei vorbei; das Schwein zuckte nur noch schwach mit seinen Beinen. Am Abend gab es dann saure Suppe mit knusprig gebratenen Blutkuchen und am nächsten Tag in Essig und Öl abgemachte Schweinsnieren.

Der Tod gehört am Bauernhof zum Leben, wenn es Fleisch geben soll. Das habe ich schnell kapiert. Für die Sonntage wurden in einem Holzverschlag Hähnchen gemästet. Jeden Samstagabend holte Johann einen jungen Hahn aus der Steige, wog ihn in seinen Händen, tauschte ihn aus, wenn er noch zu leicht war, oder ging mit ihm zum Schlachtplatz. Töten, rupfen, ausnehmen, zerlegen. Es verlangt viel Arbeit, bis ein Backhähnchen in der Küche ist, sich im Bratfett vergoldet und genussvoll am Gaumen tanzt. Das ist heute nicht anders als damals und es stirbt sich nicht leichter, nur weil sie den Hähnen jetzt am Fließband die Kehle durchschneiden. Deswegen kräht heute kein Hahn fröhlicher. Oder haben sie anderes gehört?

Es war ein Sonntagvormittag im Spätherbst. Ein prächtiger Tag. Ich muss etwa fünf Jahre alt gewesen sein. Die Hühner gackerten ums Haus. Die Hähne krähten. Ein weiter, tiefblauer Herbsthimmel spannte sich über das Land. Trockenes Nussbaumlaub raschelte unter den Füßen. Johann hatte für den Sonntagsbraten ein Huhn geschlachtet. Er stand am Brunnen und weidete es aus.

Zuerst in der Mitte durchschneiden. Aufpassen, da sind auch Knochen, die Rippen des Huhnes. Siehst du, wenn du mit dem Hammer leicht auf das Messer klopfst, brechen die Rippen. Dann ist da nur noch die Haut. Siehst du? Sei vorsichtig mit dem Messer. Immer vom eigenen Körper weg schneiden. Ja, das machst du sehr gut.

Hin und wieder pumpte er Wasser aus dem Brunnen über seine Arme. Es waren schmale Arme mit kräftigen Muskeln. Kaltes Wasser tropfte von seinen Fingern. Er zeigte mir, wie man ein Huhn zerteilt. Dürres Nussbaumlaub trieb über die Wiese. Neben dem Brunnen saß die Katze und fraß den Kopf des Hahnes.

Vom nahen Wald hörten wir Hunde bellen und Schüsse hallen – die erste Herbstjagd des Jahres. Johann legte die Fleischstücke in eine Schüssel und spülte sie im kalten Brunnenwasser. Jetzt noch die Hände waschen.

Ich hielt meine Hände unter das Brunnenrohr und ein breiter Strahl, kalt wie Eiswasser, sprudelte über meine Finger. Wir gingen zurück ins Haus. Ich trug die Schüssel mit den Fleischstücken und übergab sie Margarete für den Sonntagsbraten. Irgendwer musste schließlich für den Essensnachschub sorgen.

PARIS. DAS FLUGZEUG DRÖHNT in Richtung Paris, zum *Salon International de L'Agriculture*. Der Gurt hält mich trotz der heftigen Turbulenzen fest im Sitz. Unter mir liegt eine gewitterschwangere Wolkendecke. Auch Paris ist am frühen Morgen ohne Sonne eine ziemlich düstere Stadt. Der Scheinwerfer des Taxis pflügt sich durch den leichten Nebel in Richtung Zentrum. Das Hotel, mit einer kleinen Bar am Ende der Lobby, wirkt distanziert und kühl. Ich bin früh von Wien aus gestartet, entsprechend müde und genieße nun den Espresso. In einer Stunde werde ich hier abgeholt und ins Konferenzzentrum gebracht. Draußen hat sich der Nebel gelichtet und leichter Regen tropft gegen die großen Fenster der Lobby. Der Morgenverkehr drängt dicht an dicht durch die Straße vor dem Hotel. Eine Hostess in einem rotkarierten Schottenrock bringt mir meine *Presse Certification*, die mich als akkreditierter Journalist ausweist. Ich werde von der Stadt nicht viel sehen. Menschenmassen werden mich den ersten Tag durch eine nicht abreißende Fressstraße schieben, ich werde kosten, schlemmen und vollgestopft wie eine Martinigans die Messestände verlassen. Dann werde ich meinen Freund Cyriak treffen und er wird mich durch das abendliche Verkehrschaos von Paris chauffieren. Wir werden uns in ein gemütliches Bistro setzen, über vergangene Zeiten sprechen und neue Vorhaben aushecken.

In den verbleibenden Tagen werde ich Expertenmeinungen hören, mit Agrarpolitikern und mit Bauern spre-

chen. Und ich werde daran denken, dass Anton das alles
für verrückt erklären würde, weil zu seiner Zeit niemand
auf die Idee gekommen wäre, tierische Schlachtabfälle an
Rinder zu verfüttern. In Oberrettenbach 33 haben Ochsen
und Kühe, wie es ihrer Natur entspricht, immer nur Gras
und Heu gefressen. Das ist doch nicht so schwer zu verstehen, oder?

GUTE ZUGOCHSEN ZU ZÜCHTEN und auszubilden, hatte
in Oberrettenbach 33 lange Tradition. Jetzt aber neigte
sich diese Ära ihrem Ende zu. Anton spürte es. Die beiden
Ochsen Max und Moritz standen im Schatten des großen Birnbaumes und schlugen mit ihren Schwänzen nach
den lästigen Fliegen, während Johann und Anton ihnen
die Kummete richteten. (Als Kummet bezeichnet man ein
Joch, das über den Nacken der Tiere gegeben wird, mit
dem sie die Lasten ziehen.) Es waren junge Tiere, die erst
im Winter kastriert worden waren. Bald würden keine
Ochsen mehr gebraucht werden, war Anton überzeugt.
Gute Zugochsen zu züchten und zu lehren, war eines
der Erfolgsrezepte von Anton gewesen. Ein Zugochsen-
gespann hatte zu seiner Zeit die gleiche Bedeutung, die
heute ein Traktor, Klein-Lkw oder Pick-up hat. Die Tiere
mussten stark, ausdauernd, gutmütig und leicht zu dirigieren sein.

Junge Ochsen zu „lernen", im Sinne von lehren, und
sie zu guten Zugtieren auszubilden, war eine harte Arbeit,
die viel Fingerspitzengefühl, Kraft und Ausdauer erfor-
derte. Anton schaffte das nicht mehr allein, deshalb lag
die Hauptverantwortung nun bei Johann. Ein paar guter
Zugochsen erzielte am Markt Spitzenpreise und waren
eine der besten Einnahmequellen, die man als Bauer haben konnte. Johann wusste das und er war ein erstklassiger Lehrer. Jeden Abend spannte er nach der Stallarbeit

sein junges Ochsenpaar vor ein drei Meter langes Holz-
bloch und ließ es sie vom Haus hinunter zum Wald und
wieder heraufziehen. Ich wartete unten, neben dem Stall,
auf dieses tägliche Abenteuer, so wie heute Kinder auf das
Fernsehen warten, und lief mit Sicherheitsabstand neben
dem Gespann her.

Anfangs waren die Ochsen übermütig; das lästige hölzerne Joch nicht gewohnt, stellten sie oft die Schweife
senkrecht in die Luft und galoppierten auf und davon,
als wollten sie ausreißen. In solchen Augenblicken hatte
Johann alle Hände voll zu tun, die Tiere zu bändigen; er
musste höllisch aufpassen, dass sich die Tiere nicht gegenseitig verletzten und er nicht selbst zu Fall kam und von
den Tieren überrannt wurde.

Zu Beginn des täglichen Trainings ließ Johann die aus-
geruhten Tiere laufen und hatte Mühe, mit ihnen mitzu-
halten. Ein schweres Bloch konnte er ihnen nicht anhän-
gen, weil die Tiere noch zu wenig an ihr Joch und das
Ziehen von schweren Lasten gewöhnt waren. Wenn er
es trotzdem tat, dann würden sie einfach stehen bleiben
oder aufgrund des nicht gewohnten schweren Drucks des
Kummets auf Schultern und Nacken versuchen, in wilder
Panik auszureißen. Das war nicht nur gefährlich, sondern
verdarb sie auch als Zugtiere und machte sie störrisch und
unberechenbar. Ein solches Gespann wollte niemand und
es brachte auf dem Markt auch keinen guten Preis.

Johann rannte fluchend neben den galoppierenden
Ochsen her und versuchte sie zu überholen, um ihnen mit
der Peitsche eines über den Schädel zu geben, damit sie
langsamer liefen und auf sein Kommando hörten. Das
Wichtigste war, sie folgsam und umgänglich zu machen.
Ein Zuruf, ein Kommando, musste genügen, um sie das
Richtige tun zu lassen, erst dann waren sie erstklassig aus-
gebildet. Dieses Konzept war auch der angewandten Päd-
agogik lange Zeit nicht fremd.

Im Wald war es bereits dunkel, als sie keuchend die letzte Steigung heraufkamen. Die Ochsen dampften und ihre Flanken zitterten. Johann war sich sicher, mit dem Verkaufspreis der beiden Ochsen würde er den Großteil der Raten für den neuen Traktor begleichen können. Aber war, so dachte Johann, die Maschine auch tatsächlich weniger störrisch als die Ochsen oder bestimmte dann die Maschine – und er war der Ochse?

Anton stützte sich schwer auf seinen Stock. Seine hagere Gestalt stemmte sich gegen den Wind und das Alter. Der Herbststurm hatte ihm den Hut von Kopf geweht. Es roch nach Schnee. Er fürchtete den Winter. Seit ihm Hedwig im letzten Winter ohne Vorankündigung verlassen hatte, hasste er die Nächte und ganz besonders die langen Nächte des bevorstehenden Winters. Hedwig lag eines Morgens tot neben ihm im Bett. Jetzt konnte nur noch er allein Erfahrungen weitergeben und auf die Zukunft hoffen. Seit 1749 nährte dieses Anwesen seine Bewohner. Aber was war ein Schiff noch wert, wenn rundherum der Ozean austrocknete? Er spürte die kommenden Veränderungen und er fürchtete sie so wie die langen Winternächte. Kaum hast du dich warm eingerichtet, wird dir die wärmende Bettdecke wieder weggezogen. So empfand er das. Und er liebte ein warmes Bett.

Zeitlebens ist der Mensch, ausgestattet nur mit einem winzigen Steuerruder, Treibgut im Meer des Lebens. Das hatte er hingenommen. Jetzt aber fühlte er, an einer ausgetrockneten Stelle, auf einer Sandbank gestrandet zu sein, bewegungslos und ohne Perspektive. Gut war nur, dass im Haus ein neuer Staffelläufer seine ersten Hosen zerriss. Junge Leute waren erfinderisch, konnten zupacken, dreinhauen und verknüpfte Knoten entwirren. Als Überlebender zweier Weltkriege wusste er, wie wichtig es war, Hoffnung zu haben.

OBERRETTENBACH IST KEIN KONZENTRIERTER Punkt auf der Landkarte. Es hat nichts Aufregendes. Es ist nicht Prärie und nicht Dorf. Die Häuser stehen entlang der Straße oder abseits, in kleine Mulden geduckt. Es ist eine einfache Landgemeinde, mit Wiesen, Feldern und Wäldern, verwoben mit einzelnen Gehöften und Häusern. Früher, als es auf den Höfen noch viel Gesinde gab, bevölkerten an die sechshundert Oberrettenbacher den Planeten. Eine wahre Flut. Heute sind es noch etwa 450 Verschwiegenheitsapostel. Aber das kann sich schnell ändern. Die Mehrzahl von ihnen ist um die Fünfzig und jedes Mal, wenn einer aus ihrer Mitte geht, ist das eine echte und bleibende Schrumpfung. Außer es gibt mehrere abgehauene Indianer von meiner Sorte, die wieder überlegen, in ihre alten Jagdgründe zurückzukehren. Aber wenn überhaupt, sind es meist nur Zugvögel und keine Lachse.

Was auch immer: Oberrettenbach bleibt. Verschont von großen Durchzugsstraßen und Industrie bleibt es abseits und ruhig. Hier auf den Hängen der Hügel wachsen und reifen jene Lebensmittel, die sie in den Restaurants der großen Städte lieben. Ursprünglich und echt, wie die Menschen, die das Land hier bewirtschaften. Aber niemand denkt beim Genuss eines saftigen Wienerschnitzels oder beim Biss in einen knackigen Apfel an die Bauern von Oberrettenbach. Gott sei Dank, sonst wäre Oberrettenbach jetzt womöglich weltberühmt und die Gourmet-Heuschrecken aus aller Welt kämen, um es leer zu fressen.

ICH HABE NIE DAVON geträumt, sehr reich zu sein, ein Schloss, Porsche oder sonstiges teures Spielzeug zu haben.

Das wäre mir als Angeberei erschienen. Geprägt durch meine Sozialisierung und dem Gen-Cocktail von Johann und Anton neige ich eher zur Bescheidenheit.

Ein bisschen Bekanntheit und Anerkennung finde ich in Ordnung. Als Journalist in meiner Branche habe ich beides.

Wirklich geträumt habe ich in meiner Jugend immer von einem Blockhaus irgendwo in den Nordwestterritorien Kanadas, von viel Schnee und einem freien, selbstbestimmten Leben. Das ist mir bis heute das Wichtigste, mich nicht verbiegen zu müssen, Freigeist zu sein, selbstbestimmt und souverän leben zu können. Oberrettenbach 33 hat mir dabei immer den Rücken gestärkt.

Ich weiss nicht, ob Sie je auf einem Bauernhof gelebt haben? Es ist ein gutes Gefühl, alles das, was man zum Leben braucht, selbst erzeugen zu können. Das ist das eigentlich Schöne am Bauernleben: das Gefühl, unabhängig zu sein. Für sein Leben und Überleben selbst sorgen zu können, ist eine prachtvolle Gewissheit. Besonders gut ist das Gefühl in Zeiten, in denen man die Kraft der Natur besonders spürt, bei schweren Sommergewittern oder an klirrend kalten Wintertagen. Ringsum beschützt von starken Mauern, die schon Jahrhunderte überstanden haben, fühlt man sich wohl. Das gibt Sicherheit. In solchen Momenten ist das Gefühl der Geborgenheit am intensivsten. An solchen Tagen fühlen sich Tier und Mensch vom gemeinsamen Dach des Hofes besonders beschützt. Zwischen den tobenden oder alles erstarren lassenden Elementen der Natur stehen nur die schützenden Mauern des Hofes, während vor den Fenstern die Gewalten ihre vernichtenden Kräfte proben.

Viele träumen heute wieder davon, sich auf einen Flecken Erde, abseits von all dem Trubel, zurückzuziehen. Sie wollen diese Insel mitten im Land, die nur ihnen gehört, genießen und sich den Traum von Selbstversorgung und Unabhängigkeit erfüllen. Das gilt auch für mich und meine Familie.

Das ist die eine Seite. Die andere Seite ist, dass du selbst für alles zuständig und allein verantwortlich bist. Da gibt es keine Ausreden und kein Delegieren an irgendwen. Wenn es beim Dach hereinregnet, musst du selbst das Dach ausbessern, da ist kein Hausmeister dafür zuständig. Wenn du Milch haben willst, musst du zuerst die Kuh, das Schaf oder die Ziege melken. Du musst im Sommer das Futter für die Tiere im Winter bereiten. Geht dein Fleischvorrat zu Ende, musst du das Schwein schlachten – so schwer es dir fällt –, es zerlegen und das Fleisch feinportioniert einfrieren oder einpökeln. Wenn du Getreide für dein Brot brauchst, musst du die Felder zeitgerecht bestellen, denn nur wer sät, kann auch ernten. Und im Winter, wenn es kalt ist, heizt du dein eigenes Holz, das du im Winter davor aus dem Wald geschafft hast.

Du musst. Sie muss. Er muss. Alle müssen zupacken. Auch die Selbstbestimmtheit gibt es nicht zum Nulltarif. Dafür ist die Zufriedenheit nach getaner Arbeit groß. Das ist zwar tröstlich, aber damit kannst du dir noch nichts kaufen.

OBERRETTENBACH 33 BIETET EINEN WUNDERBAREN Rundblick: der hohe, weite Sommerhimmel mit seinen weißen Wattebauschen, die fernen blauen Berge im Norden und die rundlichen Hügel im Westen, zwischen denen die Sonne am Abend golden untergeht. Für mich die schönsten Sonnenuntergänge außerhalb von Hawaii.

Für einen norddeutschen Flachländer mag unser Hügel ein Berg sein. Ein Niederländer könnte möglicherweise ein ganzes Gebirgsmassiv vermuten. In der oststeirischen

Wirklichkeit ist es nur ein kleiner rundlicher Hügel, mit schmalen viereckigen Feldern, grünen Wiesen, vereinzelten Obstgärten und alten, hohen Apfel- und Birnbäumen vor den Bauernhäusern.

Egal von woher sie kommen – Amsterdam, Dresden, Helsinki, London oder Rom –, die beste Zufahrt nach Oberrettenbach 33 ist noch immer die über Prebensdorf. Mein Tipp: Nehmen Sie nicht die Umfahrung, sondern die alte ehrbare Dorfstraße. Und lassen sie sich nicht vom Namen abschrecken. Prebensdorf hat nichts zu tun mit Beben oder Proben, nur mit Preben.

CAMBRIDGE – HORNINGSEA. ÜBER Cambridge steht die hohe Sommersonne. Für mich ist es ein Besuch in der Vergangenheit. Chris und ich sind mit Kind und Kegel über London mit British Railway angereist. Ich will Katrin und Klemens zeigen, wo ich mich als junger Student herumgetrieben habe. Cambridge ist eine feine Adresse und sein College weltberühmt.

Im Dorf Horningsea auf der Farm von Mr. Gingell habe ich Stroh gepresst und gestapelt, Flughafer gezupft und abends in den Pubs von Cambridge mein Englisch verbessert. Horningsea ist mir ans Herz gewachsen: seine schlichten Häuser mit dem vertrockneten Rasen davor, der Selbstbedienungsstand mit frisch geernteten Erdbeeren an der Dorfstraße, der unaufgeregte *English way of life*, die schmucklosen Fassaden der Häuser und die wohlige, kaminbefeuerte Gemütlichkeit ihrer Wohnungen.

Am Wochenende liefen wilde Studentenpartys und an Sonntagen hockten wir jungen Leute aus aller Herren Länder als bunter Haufen am Ufer des River Cam. Wir bewunderten die Hausboote, versuchten uns im Rudern und erzählten uns verrückte Geschichten aus unseren Herkunftsländern. Alles war locker und flockig. Es gab keine

Unterschiede und keine Vorurteile. Wir mampften Corn-flakes, tranken lauwarmes Bier und aßen Fish and Chips aus Zeitungspapierstanitzeln. In jenen Monaten war die Arbeit intensiv, der Rasen kurz und die Nächte lang.

Nun laufen hier Chris, Katrin, Klemens und ich durch die Gassen, um zu sehen, was Cambridge heute zu bieten hat. Die erste Enttäuschung ist einschneidend. Die Fish-and-Chips-Buden sind verschwunden. In der ganzen Stadt ist nirgends Fish and Chips zu entdecken.

Vielleicht sind alle auf Urlaub? Wir aber wollen Fish and Chips.

Erst unser Gastgeber kann das Problem lösen. Er bringt uns mit seinem Ford zu einem Markt außerhalb der Stadt. Endlich, bevor wir alle vor Hunger zusammenbrechen, finden wir einen Fish-and-Chips-Verkäufer. Das Wasser läuft uns im Mund zusammen und wir ziehen uns in ein schattiges Plätzchen zurück. Zwar ist der Fisch nicht mehr in Zeitungspapier eingerollt, dafür aber triefend vor Fett, als sei der Fisch vom Wasser- zum Im-Öl-Schwimmer mutiert. Nach dem Mahl tropft nicht Wasser, sondern Öl aus unseren Mündern.

Zweite Enttäuschung: Die Coolness an den *Round abouts* (Kreisverkehr) am Land mit der aus dem Autofenster gestreckten rechten Hand als Abbiegezeichen hat sich ebenfalls überlebt. Jetzt machen das die Engländer auch auf die fade Art der Kontinentaleuropäer mit dem Blinker. Ein Stück englischer Charme ist damit zum Teufel.

Dafür wirkt Cambridge heute herausgeputzter denn je. Das King's College mit seiner Aura und Größe beeindruckt. An einem so heißen Tag wie heute drängen sich die Massen an die Ufer des River Cam. Wir tollen auf dem Rasen, schnattern Englisch und freuen uns, dass der Sommer dieses Jahr in England sich wie ein echter Sommer aufführt. Die Freude darüber ist umso größer, hat doch über Oberrettenbach derweilen der Monsun seine Schleusen geöffnet. Wir haben uns gerade noch rechtzeitig ins trockene England gerettet …

PREBENSDORF WAR DAS NEW York meiner Kindheit. Es ist ein kleines Dorf unten im Tal der Ilz. Neben der Schule gab es eine kleine Kirche, ein Wirtshaus und einen Gemischtwarenladen. Das Kaufhaus Sachs war für uns Kinder der Tempel der Erfüllung: ein Stollwerk 10 Groschen, sechs Stollwerk 60 Groschen. So lernten wir rechnen.

Damals war Prebensdorf für uns Kinder vom Berg fast schon eine Stadt. Keiner von uns hatte je vorher so viele Häuser und Menschen auf einem Fleck gesehen. Aber in der Mittagshitze des Sommers war die Straße wie leergefegt; keine Menschenseele war zu sehen und alles wirkte irgendwie einsam und verlassen. Viele Jahre später, als ich beruflich öfter in den heißen Ländern des Südens unterwegs war, wo die Menschen während der großen Mittags- und Nachmittagshitze Siesta hielten und die Straßen und öffentlichen Plätze mieden, dachte ich immer an das sommerliche Prebensdorf meiner Kindheit. Der Unterschied zwischen Prebensdorf und einem Dorf in Andalusien, so scheint es mir heute, war minimal. Der Großteil der Arbeit musste da wie dort von Hand aus am Feld getan werden. Es gab keine Klimaanlagen und die Menschen taten auf natürliche Weise das einzig Vernünftige – sie zogen sich während der großen Hitze in den Schatten zurück und nützten die kühleren Stunden am Morgen und am Abend für die schwere Arbeit am Feld.

Das Prebensdorf meiner Kindheit war voller Leben. Am frühen Morgen stieg aus den Schornsteinen der Häuser feiner Rauch für das Frühstück. Auf der Dorfstraße trabten Ochsen- und Kuhgespanne mit ihren Leiterwägen in die Richtung der Felder abseits des Dorfes, um das Futter für das Vieh zu holen.

Nachbarn in blauen Schürzen begrüßten sich, blieben stehen und erzählten sich das Neueste aus Stall und Hof. Von der nahen Schmiede hallte das Hämmern des Schmiedes und von der angrenzenden Wagnerei vermischte sich das satte Geräusch der Hobelmaschine mit dem Geschrei der Volksschulkinder vom danebenliegenden Pausenspielplatz – übertönt nur vom lauten Einzylinder, einen der wenigen Traktoren, die es zu dieser Zeit in Prebensdorf gab. Dazwischen Spatzengezwitscher von der die Straße säumenden Rosskastanienallee. Hin und wieder ein Lacher jener Frauen und Männer, die mit Hacke und Hauen zur Feldarbeit aufbrachen und sich vorher noch schnell zu einem Plausch vor dem kleinen Kaufhausladen zusammenstellten. Für alles war Zeit und das Leben ging seinen gemächlichen Gang; was man heute nicht schaffte, erledigte man morgen.

Das Prebensdorf von heute ist stiller geworden. Das Kaufhaus und auch der Wirt haben längst zugesperrt, dafür gibt es jetzt einen Buschenschank.

Die Dorfstraße döst vor sich hin und ist nicht mehr bevölkert von Menschen, die unterwegs zur Arbeit auf das Feld sind. Und auch die Felder selbst und das ganze Tal sind menschenleer. Nur noch im Frühling beim Anbau und im Herbst bei der Ernte beleben sich für wenige Tage die Felder links und rechts des Ilzbaches mit Maschinen. Trotzdem ist Prebensdorf für mich noch immer der Inbegriff eines Dorfes. Es hat nichts Großartiges, ist so unspektakulär, so ruhig, so unaufdringlich einfach, dass ich mich wohlfühle, eben deshalb. Wo und wann immer ich den Begriff Dorf höre, denke ich auch heute noch sofort an Prebensdorf.

Eines Tages, Ende Oktober, hörte Anton auf, die Pfeife zu rauchen. Einige Wochen später stellte er auch seinen

Gehstock in die Ecke. Das waren keine guten Zeichen. An warmen Tagen hockte er draußen auf seiner Bank vor dem Haus in der Sonne. Er stierte teilnahmslos in die Ferne. Nur noch hin und wieder schenkte er mir seine Aufmerksamkeit. „Vergiss die Geschichte von Simon nicht. Erzähle sie weiter." An diesen Auftrag erinnerte er mich täglich, so als hätte er vergessen, dass er es mir auch gestern so gesagt hatte.

Mit jedem Tag schien ihm seine Umgebung gleichgültiger zu werden. Nicht einmal seine geliebten Ochsen bekamen ihn noch zu sehen. Der neue Traktor und die dazugehörenden Maschinen wirkten auf ihn wie ein mächtiger Dinosaurier, der plötzlich über den Hof fegte. Der Lärm, das Getöse: Er konnte und wollte damit nichts anfangen. Er spürte, das war nicht mehr seine Zeit. Aber er war sich gewiss, dass es weitergehen würde und er hatte großes Zutrauen zu seinen Nachfolgern, zu Johann und Margarete.

Immer öfter sprach er jetzt von seiner Hedwig. Aber mit keinem einzigen Wort erwähnte er je die Kriege seiner Jugend. All das, was ihn bekümmerte, womit er haderte oder sich noch erfreute, nahm er mit ins Grab zu seiner Hedwig. So trat er ab, wie er gelebt hatte: still und leise. Aber für mich ist er nicht gestorben und so lebt er heute noch. Jetzt begleitet er mich auf meinen Reisen, plaudert mit mir und erzählt mir von den alten Zeiten.

WEDER BIN ICH MARION Gräfin Dönhoff je begegnet, noch war ich je in den ehemaligen deutschen Gebieten Ostpreußens im heutigen Polen. Aber irgendwie war da eine Verbindung, eine Saite, die zu schwingen begann, wann immer ich einen Artikel von ihr oder über sie las. Ihre brillanten journalistischen Beiträge in der Wochenzeitung „Die Zeit" und das politische Engagement der Gräfin beeindruckten mich. Zu einem wirklichen Dönhoff-Verehrer reifte ich durch ihre Bücher, durch ihre Art, Niederlagen wegzustecken und die Bereitschaft, immer wieder neu zu beginnen. Das machte sie und Anton zu geistigen Geschwistern.

So unterschiedlich ihre Ausgangssituationen auch waren – hier die wohlbestellte, intellektuelle Gräfin, da der einfache, von seiner Händekraft abhängige Bauer –, die gemeinsam durchlebten schrecklichen Ereignisse der beiden Weltkriege hatten sie in Denken und Handeln ähnlich werden lassen. Jeder machte an seinem Platz, was er konnte: fleißig, uneitel, konsequent und bescheiden. Vielleicht waren diese Werte die logische Erklärung für das Band der Sympathie und die Parallelen zwischen Ostpreußen und Oberrettenbach 33, zwischen Dönhoff und Anton.

In meiner Phantasie malte ich mir aus, was gewesen wäre, wenn das Schicksal die Rollen der beiden vertauscht hätte: Marion Dönhoff Bäuerin in Oberrettenbach 33 und Anton Graf und Gutsherr in Ostpreußen. Ich denke, die Charaktere und Wertvorstellungen und damit auch ihr Handeln an den jeweils vertauschten Plätzen wäre ähnlich geblieben. Temperament und Unterschied der Geschlechter hätten möglicherweise das eine oder andere an Wirkung und Optik verschoben. Aber in den Grundzügen würden Oberrettenbach 33 mit der Bäuerin Marion Dönhoff und „Die Zeit" in Hamburg mit dem gräflichen Chefredakteur Anton das repräsentieren, was sie heute auch sind. Wie ich ja überhaupt annehme, dass der Anteil an echten Ladies und Sirs in den sogenannten gehobenen Gesellschaftsschichten nicht höher ist als in der einfachen Gesellschaft. Marion Gräfin Dönhoff war eine solche *Grande Dame* und eine moralische Institution. Aber auch unter den Bauern auf unserem Berg kannte und kenne ich Sirs und Autoritäten. Nur ihre Möglichkeiten waren und sind andere, als die der Gräfin. Obschon auch ländlich geprägt, worauf sie immer stolz hinwies, reifte

Gräfin Dönhoff zu einer Weltbürgerin, die ohne Scheu mit den Mächtigen der Welt palaverte.

Die Welt in Oberrettenbach ist kleiner. Statt in Hamburg, New York oder Ischia zeigte sich der alte Herr Karl Bauer mit seinem Mostkrug nur bei seiner täglichen Wanderung zwischen seinem Hof und dem Winzerhaus. Er tat es pünktlich wie eine Uhr und mit der Würde und Abgeklärtheit eines Sirs. Auch die „Väter", wie wir damals die Senioren auf ihren Höfen nannten, trugen kraft ihrer Autorität und ihres Vorbildes viel zum Zusammenhalt und Gemeinschaftsinn am Berg bei. Und auch der Karl Vogtsen war sich immer seiner Würde bewusst. Groß, schlank und selbstbewusst, aber nie reich an irdischen Gütern, tat er das, was zu tun war, blieb stets hellhörig und neugierig und lebte so, wie er es für richtig hielt. Er unterwarf sich nie dem Mainstream. Zeitlebens blieb er stolz, eigenständig und unabhängig.

Anton war in diesem Sinne kein Sir gewesen. Dazu war er zu aufopferungsbereit, zu nachgiebig, zu arbeitsam und wohl auch zu scheu. Da blieb er lieber im Stall bei seinen Tieren als irgendwo seine Meinung vortragen zu müssen. Selbstdarstellung gehörte nicht zu seinem Fach. Und vom Kämpfen hatte er genug. Er bevorzugte die Stille und die konsequente Arbeit. Doch er wäre gern gereist und hätte fremde Länder besucht. Aber dazu fehlten alle Voraussetzungen. Das hatte er oft bedauert. Nicht direkt, das hätte nicht zu seiner Art gepasst, aber in vielen Andeutungen. Ich bin überzeugt, dass es ihm freut, dass ich tun kann, was ihm verwehrt geblieben war. Auf vielen meiner Reisen ist er jetzt mit dabei und wir sind ein gutes Team. Es ist eine Freude, mit Anton auf Reisen zu sein.

WIEN-SCHWECHAT. WELCH HERRLICHES WETTER am Morgen. Ein glasklarer, wolkenloser Herbsthimmel. Ein Tag wie gemacht fürs Wandern, leichte Arbeit in freier Natur oder für einen Plausch mit den Kühen auf der Alm.

Stattdessen packe ich wieder meinen Koffer, diesmal für Kanada. Auch Anton ist, wie alle guten Engel, stets bereit. Fahrt zum Flughafen, Parkplatzsuche, einchecken, warten, Sicherheitscheck, wieder warten, stundenlanges Sitzen. Kaum natürliches Tageslicht in all den Hallen und Gängen und überall Menschen, eingekeilt und eingepfercht wie Hühner in Legebatterien. Da ist es wieder: Warum tue ich mir das an? Ich will keine Batteriehenne sein.

Ich kenne das alles und es gibt keine Ausreden. Die Antwort ist, dass ich noch immer neugierig bin. Weil ich ein Sandkorn dieses Globus bin und sehen möchte, was sich jenseits des großen Wassers bewegt. Obschon ich längst weiß, dass alle und überall nur mit Wasser kochen. Trotzdem interessiert es mich, welches Feuer sie entfachen. Denn nur das Feuer entscheidet darüber, wie lange es dauert, bis das Wasser kocht. Um das zu erfahren, muss man oft weite Wege gehen.

Die Maschine startet um 9.00 Uhr bei kitschig-schönem Herbstwetter. Zweistündiger Zwischenstopp in Frankfurt/Main und gegen 2.00 Uhr MEZ, 20.00 Uhr Ortszeit, Landung in Toronto; anschließend eineinhalb Stunden Fahrt zu den Niagarafällen und nächtigen in einem plüschig, dunkel ausgestalteten kanadischen Hotelzimmer, um dem baldigen Morgen des eigenen Biorhythmus entgegenzudämmern. Um drei Uhr Ortszeit aufstehen und sich fragen, wann es denn, verdammt noch einmal, in diesem Land endlich hell wird.

Genauso würde es sein. Trotzdem tue ich es mir an: Weil einen die Fremde rascher aus dem Trott des Alltags herausholt, schneller als alles andere. Weil es meine Sinne für das Fremde in der Fremde und das Alltägliche zu Hause schärft. Weil eine gute Reise ein Feuer entfacht.

Also tschüss ihr verführerischen Träume vom Bauernhof. Mitten über den Ozean, meine Beine sind schon steif vom langen Sitzen, fräse ich eine Spur zurück zu meinen Wurzeln.

JEDES JAHR ZU WEIHNACHTEN erzählte Anton uns Kindern in Oberrettenbach 33 die Geschichte von Simon und dem Berg. Simon, der Großvater von Anton, also mein Ururgroßvater, hatte die Geschichte einst so an seinen Enkel Anton weitergegeben. Ich spüre, wie Anton sich auf dem Nebensitz niederlässt und neugierig aus dem Flugzeugfenster blickt. Es ist sein erster Flug. Schüchtern lächelnd wendet er sich mir zu und erzählt mir wieder die Geschichte von Simon:

„Simon war jung und draufgängerisch. Er war ziemlich stolz darauf, so leben zu können, wie er lebte. Er hatte keine großen Ansprüche, aber er wollte auch nicht, dass andere bestimmten, wie er leben sollte.

Der junge Simon war wissbegierig und neugierig und wollte wissen, was das war, das alle als ‚die Fremde‘ bezeichneten. So hat er seinen Hügel verlassen und war talaufwärts gewandert. Immer geradeaus, bis er dort war, was sie zu Hause immer misstrauisch ‚die Fremde‘ nannten. Das war zur damaligen Zeit für junge Männer ziemlich ungewöhnlich. Aber Simon war sich sicher, das Richtige zu tun. Simon wanderte, soweit ihn seine Füße trugen. Da kam er zu einem Berg, wie er ihn noch nie zuvor gesehen hatte. Der Berg war hoch und mächtig und versperrte die ganze Ebene. Simon überlegte, was er tun sollte: Umkehren oder sich einen Weg über den Berg suchen? Plötzlich begann der Berg zu sprechen. Simon erschrak. Kein Berg, sagte der Berg, sei stolz auf seine Höhe oder Größe, weil man sich nur an dem erfreue, wie man sei, und nicht daran, was man mehr habe als der andere.

Freude, erklärte der Berg dem Wanderer Simon, gewinnst du nur aus dir selbst oder aus der Freude derer, denen du Freude bereitest.

Es genüge, erzählte der Berg, so zu sein, wie man sei. Ein Berg mit steilen, schroffen Felswänden oder ein Hochplateau mit sanften Almen, ein unüberwindlich scheinender Gletscher oder eine hohe Felsspitze. Alles sei ein Angebot und bereite jenem Freude, der die Herausforderung des Unbekannten annimmt. Sein Angebot an Simon sei, dass er ihn einlade, sich auf seiner, dem weiten Tal zugewandten Sonnseite, niederzulassen. Sich einen Hof aufzubauen, Äpfel und Birnbäume zu pflanzen, und wenn es ihm beliebe, Rinder zu züchten. Jede Pflanze, jeder Fluss, jede Landschaft sei ein einzigartiges Angebot für den suchenden Geist. Der freie Wille des Menschen könne aus all diesen Angeboten wählen und daraus sein Leben gestalten.

Simon war von der Weisheit des Berges beeindruckt. Er hatte Berge nie für etwas Besonderes gehalten. Im Gegenteil, sie waren beträchtliche Hindernisse für Augen und Füße und machten das Wandern beschwerlich. Auch zu Hause auf dem Gut waren jene Wiesen, die steil an den Hügel angeschmiegt lagen, die schwierigsten und machten die Arbeit zur Plackerei. Nein, er war kein Freund der Berge.

Simon ging den schmalen, felsigen Pfad um den Berg herum, bis er endlich wieder die Ebene des Tales vor sich sah. Dann atmete er auf, wandte sich zum Berg und sagte: ‚Ich danke dir für dein großzügiges Angebot. Es ist ein wunderbarer Platz hier, aber ich brauche die Weite der Ebene oder den weiten Horizont meines Hügels, der mich nicht erhöht, mir aber die Demut des unscheinbaren Punktes in der unendlichen Weite lehrt und mir durch seinen endlos scheinenden Horizont einen Hauch von Ewigkeit atmen lässt.‘ Simon verabschiedete sich vom Berg und ging hinaus in die Ebene, um fortan in der unendlichen Weite zu leben.

Aber auch Simon spürte wie der Lachs den Sog des Ortes seiner Herkunft und irgendwann trieb ihn die Sehnsucht wieder zurück. Wie die Lachse, nach Jahren der Wanderschaft in den unendlichen Weltmeeren, wieder in den Fluss ihrer Geburt zurückkehren, war auch Simon wieder auf seinem Hügel zurückgekommen.

Anton lächelte vielsagend und verschwand ohne ein weiteres Wort. Der Sitz neben mir war wieder leer. Was er mir mit dieser Geschichte wohl deutlich machen wollte, war: ‚Oberrettenbach 33 ist der Ort deiner Herkunft, aber du musst deinen eigenen Weg finden.'"

Bleibt die Frage, würde ich mich tatsächlich wie ein Fisch verhalten?

HEY, IHR BRÜDER UND Schwestern im Geiste, erinnert euch mit mir: Ich hätte ein Beatle sein können oder ein Mitglied der Rolling Stones. Es war unsere Zeit. Wir sind gemeinsam gewachsen. Unsere Welt ist jeden Tag ein Stück besser geworden, ohne dass wir deswegen überschnappten. Davor behüteten uns Kerle wie John F. Kennedy, Johannes XXIII., Martin Luther King, Robert Kennedy und womöglich auch Che Guevara. Sie zeigten uns, dass es Träume gibt und dass jeder seinen Traum haben kann, dem er folgen darf. Wir wurden ermuntert, zu suchen und zu finden. Eine rebellische, aufmüpfige Generation machte sich auf den Weg, und ich war mittendrinn.

Seit meiner Geburt war klar, dass ich Nachfolger sein würde, Antons und Johanns Nachfolger. Machte es einen Unterschied, einem König oder einem Bauern nachzufolgen? Für den Nachfolger scheint das einerlei. Es gehört in beiden Fällen zu seiner Bestimmung, in einen bereits begangenen Pfad einzusteigen und ihn fortzuführen. Verknüpft ist damit die mehr oder weniger ausgeprägte Erwartungshaltung, das Vorhandene zu ehren, zu pflegen und zu mehren.

An die Vorstellung, jemanden nachzufolgen, mit der Verpflichtung, auf dessen Spur zu bleiben, hätte ich mich weder gewöhnen, noch hätte ich sie annehmen können. So mauserte ich mich zum Geisterfahrer in der eigenen Ahnengalerie.

Ich wollte mich nicht an Erwartungshaltungen fesseln und suchte nach einem eigenen Weg. Das war mir sehr früh bewusst. Mehr ahnte ich es, als ich es wusste, dass es hinter diesem hohen, weiten Himmel in Oberrettenbach 33 noch weitere Himmel geben musste, was meine Neugierde und meinen Entdeckungsdrang zusätzlich anstachelte. Und es war nie sicher, ob ich je wieder nach Oberrettenbach 33 zurückfinden würde.

In einem sonntäglichen Gespräch nach dem Mittagessen dozierte Johann, ganz gegen seine übliche Gewohnheit, sehr leidenschaftlich seine Sicht. „Die Natur", begann er, „hat drei erprobte, prinzipielle Archetypen von Lebenskonzepten anzubieten. Das Erste ist das des Nesthockers. In diesen Fall wird das Leben dort gelebt, wo es geboren wurde.

Das Konzept des Lachses, als zweite Möglichkeit, sieht vor, den Ort der Geburt und des Aufwachsens für immer zu verlassen, um am Ende noch ein einziges Mal an diesen Punkt zurückzukehren, das Leben weiterzugeben und zu sterben.

Als dritte Variante bietet die Natur die Zugvogelstrategie. Der Ort deiner Herkunft bleibt für einen Teil deines Lebens immer präsent. Mit dem anderen Teil ziehst du an einen anderen Ort. Weit weg. Du pendelst zwischen unterschiedlichen Lebenswelten, aber keine ist für den dauernden Verbleib."

Aha, also eine Art Nomade mit zwei festen Wohnsitzen, schmunzelte ich.

So viel hatte Johann schon lange nicht gesprochen. Zugvogel oder Lachs, irgendetwas in der Richtung. „Oder du erfindest für dich eine neue, vierte Variante", lächelte er. Ich dachte an den Storch und den Fisch und wollte in Wirklichkeit der Adler sein, der beide schlägt.

In Rom berief Papst Johannes XXIII. das Zweite Vatikanische Konzil ein. In den USA verkündete Präsident John F. Kennedy seinen Traum vom bemannten Flug zum Mond. In einem Keller in Liverpool probten vier Pilzköpfe die musikalische Revolution und in Oberrettenbach 33 trat Johann an die Stelle von Anton. Alles hintereinander und nebeneinander, aber aus der Distanz, der rückblickenden Betrachtung, doch gleichzeitig.

Der Weltenlauf im Großen wie im Kleinen ist gleichmäßig wie plätscherndes Wasser am Wasserfall: kaum wahrnehmbar. Die Umbrüche und Kaskaden lassen sich vorerst nur in unmittelbarer Nähe des Geschehens von den Beteiligten erahnen.

Spürbar, wie die Gischt am Wasserfall, wurde in jenen Jahren ein neuer Geist. Nach den vielen finsteren Jahren der Unsicherheit und Entbehrungen breitete sich Optimismus und der feste Glaube, alles werde besser, wie Sommersonnenschein über das Land. Alle hatten Ziele, und alle brachen dahin auf; jeder war überzeugt, es zu schaffen.

In Oberrettenbach 33 kamen zum Traktor ein VW-Käfer, Waschmaschine, E-Herd und Fernseher. Ein neuer Stall samt Melkanlage gab der Zukunft Sicherheit. Überall wurde gebaut, gehämmert und gezimmert. Jeder drechselte sich seine neue Welt. Als Armstrong und Aldrin am 21. Juli 1969 als erste Menschen den Mond betraten, war niemand außergewöhnlich überrascht oder zweifelte gar an der Wahrhaftigkeit des Ereignisses. Alle freuten sich mit an der logischen Fortsetzung der Erfolgsgeschichte, an der jeder mitschrieb und sich mitbeteiligt fühlte.

Heute sucht jeder das Haar in der Suppe, zu jener Zeit freute sich jeder Beatle über seine üppige Mähne – auch wenn die Suppe davon etwas abbekam. Was soll's? Ein Haar in der Suppe. Na und? Solange es nicht die ganze Perücke war, die in der Suppe schwamm, gab's keinen Grund zur Aufregung.

ANTON WAR SCHMAL UND zart gewesen. Johann dagegen schlank und sehnig, mit einem ausgeprägten muskulösen Oberkörper, der Kraft und Zähigkeit signalisierte. Kein Gramm Fett war zu sehen, nur Muskeln und Sehnen. Nichts davon war bewusst antrainiert, sondern hatte sich durch tägliches hartes Arbeiten und durch Verzicht entwickelt. Es war nichts, worauf er irgendwie stolz war in dem Sinne, wie einer heute seinen „Sixpack" zur Schau stellt. So wie Johann sehen Kämpfer aus, und er war einer der ersten, der sich auf Neuland gewagt und sich seinen Weg freigefochten hat. Er konnte „übermorgen" denken, hatte also einen Riecher für zukünftige Entwicklungen, was nur wenige können. Danach handelte er, aus Überzeugung heraus. Durch unermüdliche Arbeit und langfristige Entscheidungen wollte er bessere Verhältnisse schaffen für diejenigen, die ihm wichtig waren. Er selbst stellte dabei die geringsten Ansprüche, obgleich ihm, wie schon Anton, der Krieg seine Jugend gestohlen hatte und sich allein daraus Nachholbedürfnisse ergaben. Aber aus erlittenen, persönlichen Nachteilen Ansprüche zu formulieren oder gar ein Recht daraus abzuleiten, entsprach nicht seiner Weltsicht.

„Wer mit nichts, außer dem Wunsch, sich wieder ein einziges Mal satt essen zu können, beginnt, ist schnell zufriedengestellt", lautete sein Spruch. Auch mit der Entgegnung: „Aber es gibt so viele schöne Dinge und jetzt könntest du sie dir leisten", ließ er sich nicht aus der Reserve locken. Wer auch immer diesbezüglich nachbohrte, bekam von Johann die Antwort: „Es sind schon viele Ochsen gebraten worden und ich war nicht dabei. Habe ich was versäumt?"

Das war ein fester Teil seiner Überzeugung, man muss nicht überall dabei sein, man muss nicht immer mitmachen, nur um dabei gewesen zu sein. Aus dieser Einstellung heraus organisierte er von Beginn an konsequent, wider jeglichen Zeitgeist, sein Leben und das seiner unmittelbaren Umgebung. Das tat manchmal richtig weh, bei etwas Großem und Schönem nicht dabei zu sein. Zumindest wir Jugendlichen empfanden es als Verlust, und wenn wir uns beklagten, packte Johann seine ihm bestimmende Lebensweisheit aus: „Wer den Mangel nicht kennt, kann sich auch an der Fülle nicht erfreuen." Er verstand das nicht als Trost für uns, sondern als Aufmunterung, es als Chance zu begreifen. „Ich hoffe und wünsche", so lautete dann sein Schlusssatz, „ihr braucht keinen Krieg, der euch diese simple Wahrheit lehrt."

Johann ging zielstrebig ans Werk. In vielem war er Anton ähnlich; die perfekte Fortsetzung mit neuen, modernen Mitteln und Methoden. Auch wenn es nach außen hin nicht den zwingenden Anschein hatte, dachte er bei allem, was er tat, ganzheitlich. Für ihn war eine Entscheidung erst dann gut, wenn sie auch in anderen Bereichen neue Entscheidungen erzwang. Erst daraus, so seine Überzeugung, schmiedete sich eine starke Kette, die neben vielen Gliedern einen starken Ring am Anfang und einen unverwüstlichen Haken am Ende hatte, der dazu taugte, sich auch in noch Unbekanntes einzuhaken. Schwätzen mochte Johann nicht. Das lag ihm nicht. Er war ein Philosoph der Tat: „Greif zu, aber lass es nicht fallen."

ONTARIO. SO SCHNELL IST man in anderen Welten: gestern in Schwechat, heute an den Niagarafällen, morgen in Calgary.

Am Queen-Elisabeth-Highway in Richtung Toronto City ist der Teufel los: abendliche *Rushhour*, sechsspuriges Schritttempo. Ein dichtes Gedränge von Trucks, PKWs und protzigen SUVs. In Oberrettenbach ist es aufgeräumter.

Zu Mittag habe ich oben am Welland-Canal bei herrlichem Septemberwetter auf der Terrasse eines italienischen Restaurants ein vorzügliches T-Bone-Steak gegessen. Der Welland-Canal ist eine künstlich angelegte Wasserstraße, parallel zum nicht schiffbaren Niagara River. Durch ein ausgeklügeltes Schleusensystem kommen deshalb auch Ozeanriesen zum Michigansee bis nach Milwaukee und Chicago hinauf.

In unmittelbarer Nähe von Niagara Falls besuche ich das Weingut von John K., einem deutschen Auswanderer. John lacht viel und strahlt, während er mir seine Geschichte erzählt. Er verkaufte in Deutschland für den Bau einer Autobahn Grundstücke an den Staat. Mit dem Geld kaufte er sich hier eine Farm und experimentiert nun mit Wein.

„Ich habe den Schritt, nach Kanada gegangen zu sein, kein einziges Mal bereut", schwärmt er. „Hier gibt es viel Platz und alle sind großzügig und gelassen. Schauen sie mich an. Für einen Deutschen bin ich doch ziemlich entspannt, oder?"

Tatsächlich, da trägt einer sein Glück auf der Zunge.

Ich bin unterwegs zum Airport und wieder europäisch gestresst. Toronto hat sich gegenüber meinem ersten Besuchen zur Weltstadt gemausert. Es ist früher Abend und die Wolkenkratzer lächeln mir sonnenbeschienen, goldig leuchtend entgegen. Eine feenhafte Wirklichkeit. Der Verkehr wird zäher, es staut. Warum wollen sich ausgerechnet in diesem großen Land alle auf einem Punkt zusammenrotten? Kann mir das irgendjemand erklären? Überall Weite und Platz, soweit man sehen kann, aber alle wollen sich heute auf dieser verdammten Autobahn treffen.

Ich sitze wie auf Nadeln. Hoffentlich schaffe ich es noch rechtzeitig zum Check-in. Um mich abzulenken, rasen meine Gedanken siebentausend Kilometer zurück.

Das Erste, an das ich mich als Kind auf unserem Hof erinnere, sind die herrlichen Sommer. Wenn die Sonne am frühen Morgen das Land in mildes Gelb tauchte und Anton die Sense unten, vor meinem Schlafzimmerfenster, dengelte, hatte wieder einer dieser herrlichen Tage begonnen. Der Dengelhammer klopfte in rhythmischen Schlägen auf die Sense. Klang und Rhythmus ergaben eine einzigartige frühmorgendliche Melodie, die mir bis heute im Ohr klingt und die mich untrennbar mit meinem Bauernhof und dem Sommer auf dem Land verbindet. Ich stand im taunassen Gras bloßfüßig daneben und sah Anton zu, wie er hin und wieder auf die Sense spuckte, um das Metall abzukühlen, wenn er es weich und dünn hämmerte, um es scharf wie ein Schwert zu machen. Die Schneide der Sense ist der Tod der Gräser, sagte er. Anton und Johann waren großartige Sensenmänner. Stundenlang konnten sie die Sense schwingen und Mahd an Mahd legen, ohne außer Atem zu kommen.

Außer den Geräuschen, die die Schläge des Dengelhammers verursachten, war es rundherum still, nur vom Stall her hörte man die Kaugeräusche der Kühe und ab und zu das Rasseln einer Kette, während an der nahen Birke die Blätter leise im Morgenwind flatterten. Das war die tägliche Klangwolke meiner Kindheit.

Unser Bauernhof hat uns alles geboten, was wir zum Leben brauchten. Wir hatten eigenes Brot aus eigenem Getreide, Fleisch von den eigenen Tieren, Eier und Gemüse, glasklares Wasser, Apfelsaft und Most von den eigenen Äpfeln. Alles selbst angebaut und selbst gemacht, ein Leben in voller Unabhängigkeit.

Am Hof Oberrettenbach 33 standen damals Kühe und Ochsen, Schweine und Hühner und auf den Feldern wuchsen Roggen, Weizen, Hafer, Raps und Kartoffeln. Auf den Wiesen spross Klee und Gras.

Nach dem Dengeln der Sense, wenn der Stahl wieder eine Schneide hatte, wurde am frühen Morgen, unten auf der Wiese, das Gras für die Kühe gemäht. Alles war still und ruhig, nur das taunasse Gras glitzerte im Sonnenschein. Vom Wald her hörte man die Vögel singen und im Frühling den Kuckuck rufen. Kein Rattern. Kein Lärmen. Keine Hektik. Nur ab und zu das metallische Geräusch des Wetzsteins beim Schärfen der Sense. Alles wurde getan, so gut man es konnte, und eines folgte nach dem anderen.

Mit der Sense mähen ist eine leise, aber schwere Arbeit, die viel Technik verlangt. Nur dem Könner gelingen die Schwünge präzise und gleichmäßig. Ein guter Mahder, so nannte man die Sensenmäher, kann sein Tempo über viele Stunden durchhalten. Anton und Johann konnten das, ohne außer Atem zu kommen. Eine scharfe Sense mäht besser als jeder Rasenmäher. Das wissen heute nur wenige, weil kaum noch jemand mit der Sense mähen kann. Wichtig ist, dass man schon am frühen Morgen, bei taunassem Gras, auf der Wiese steht. Das nasse Gras hält die Schneide der Sense länger fit und die Sonne brennt noch nicht so kräftig, dass sie einem den Schädel versengt. Darum sind Bauersleute zu jeder Zeit Frühaufsteher gewesen, einerseits weil das Vieh am Morgen sein Futter braucht und andererseits, um die morgendliche Kühle für die Arbeit am Feld zu nützen. Eine Logik, die noch keinen Computer brauchte.

JOHANN ORGANISIERTE UM. SEINE Entscheidung für einen zusätzlichen Beruf außerhalb seines Gehöftes brach ein Tabu. Plötzlich gab es einen Zwitter, Bauer und Arbeiter in einer Person. Eine bisher fein und sauber getrennte Welt vermischt in einer. Dem misstrauten die Bauern, politisch, ideologisch und überhaupt.

Für Johann ergab sich daraus auch zwingend eine andere Art der Bewirtschaftung auf dem Hof. Nach seiner Theorie eine ganzheitliche Entscheidung. Er erwartete nicht, dass seine Umgebung das verstand. Als er sich entschied, sich neben seinem Hof ein zweites berufliches Standbein zu schaffen, da er die großen technischen Veränderungen am Horizont heraufdämmern sah, konnten das in seiner Umgebung nur wenige verstehen. Damals waren alle Bauern der Gegend noch überzeugt, auf Dauer von ihren Höfen leben zu können. Dabei wollte Johann nicht mehr, als auf zwei gesunden beruflichen Beinen stehen, um nicht erpressbar zu sein: weder von den Einkäufern der landwirtschaftlichen Erzeugnisse noch von den Arbeitgebern in der Stadt. Seine Erklärung war einfach und logisch: „Auf zwei Beinen steht man sicherer als auf einem." Er wollte nicht noch einmal irgendjemanden ausgeliefert sein. Das Maß von Abhängigkeit, das damit verbunden ist, war bereits durch seine Erfahrungen im Krieg zum Überlaufen gebracht worden. Er war der Erste auf unserem Hügel, der diesen Schritt setzte: da das landwirtschaftliche Gut und dort in der Stadt eine andere berufliche Herausforderung. Ein echter Pionier, der die Schmerzen aller Pioniere litt: zuerst die Lacher, dann die Nachahmer und zum Schluss die Neider.

Plötzlich hatten zwei ganz unterschiedliche Welten Erwartungen an ihn: da Oberrettenbach 33 und dort die Stadt. Alles was er tat, wurde da wie dort misstrauisch beäugt. Das Pendeln zwischen den beiden Polen machte aus ihm einen Fremden in seinen eigenen Welten. Für die Bauern war er der Arbeiter und für die Kollegen in der Stadt war er der Bauer. Wie war der politisch einzuordnen? Konnte man so einem trauen?

So musste er härter arbeiten und erfolgreicher sein als der durchschnittliche Landwirt und der durchschnittliche Arbeiter es in ihrer jeweils eigenen Welt zu sein brauchten. Das fiel Johann nicht schwer. Seine Energie schien unerschöpflich zu sein. Allein damit war er vielen überlegen. Dazu kam, dass er die Gabe besaß, weit vorausdenken und Zusammenhänge herstellen zu können, die seiner Umgebung verschlossen blieben.

Fünfzehn Jahre nach Johanns Entscheidung war ein großer Teil der Hofeigentümer auf dem Hügel auf der Suche nach einem Job, um ihre Höfe erhalten und am Wohlstand teilhaben zu können. Johann wusste um den Wert einer guten Bildung. Seine oft wiederholten Stehsätze mir gegenüber lauteten: „Lerne so viel du kannst. Was du weißt und kannst, kann dir niemand wegnehmen. Von mir aus kannst du Professor werden." Damit wollte er andeuten, dass ich mir keine finanziellen Sorgen zu machen bräuchte. Er und Margarete freuten sich über jeden schulischen Erfolg und mein Lernen war ihnen wichtiger als Mitarbeit auf dem Gut. Ich sollte ihm nachfolgen, aber nicht nachahmen, sondern meinen eigenen Weg finden. Auch in diesem Punkt stimmten Margarete und Johann überein.

Seit damals weiß ich, Traditionen sind gut, wenn sie einem Wurzeln geben und Wege in die Zukunft zeigen. Lederhosen allein geben noch keine Wurzeln, höchstens einen wunden Hintern.

Ich habe großartige Eltern gehabt, weltoffen und dem Neuen gegenüber aufgeschlossen, die mir unter schwierigen Voraussetzungen und in einer Zeit und Umgebung, in der Bildung eher belächelt denn gefördert wurde, alle Möglichkeiten boten. Mit den beiden habe ich ein Riesenglück gehabt. Bis heute weiß ich nicht, wodurch ich sie mir verdient habe. Nicht auszudenken, wenn das zwei dumpfe Peitschenknaller gewesen wären, die nur einen Zugochsen mehr am Hof gewollt hätten.

TORONTO. WIEDER SITZE ICH im Flugzeug mit der Flugnummer AC 877 auf dem Flug von Toronto nach Calgary. Ich bin am späten Abend in Toronto abgehoben. Ich hatte es gerade noch geschafft. Nun ist tiefe Nacht und kaum ein Licht strahlt von der Erde bis zu uns hier hoch. Eigentlich fliege ich in der Welt herum, nicht weil es mir so viel Spaß macht, sondern weil meine Neugierde mich drängt und ich es bestätigt sehen möchte, dass die Menschen – unabhängig davon, wo sie wohnen und Leben – in den wesentlichen Dingen nichts unterscheidet, dass es überall nette und hilfsbereite, rabiate und unfreundliche Menschen gibt, dass da überall wunderbare Plätze zum Bleiben einladen und dass man fortgewesen sein muss, um das Heimatliche schätzen zu können.

Ebenso auffallend ist, dass sich die Menschen in den hochentwickelten Ländern rund um den Erdball einen Pragmatismus angeeignet haben, der ihnen das tägliche Überleben im Business-Dschungel ermöglicht. Offen, aber unverbindlich, zuvorkommend, aber oberflächlich, freundlich, aber ohne dabei wirklich Gefühl zu investieren. Menschen freuen sich nicht mehr, sich über Kontinente hinweg zu begegnen. Das ist zu einer gewöhnlichen Erfahrung verkommen. Es gibt kein großes Hallo oder Palaver oder Fest, nur schlichte Begegnungen für Augenblicke. In Zeiten von Terrorängsten ist jeder Fremde erst einmal auch eine potenzielle Gefahr.

So überquere ich weiter Ozeane und setze meine Füße auf fremdes Land, um das zu überwinden, was uns trennt und das zu sehen und zu verstehen, was uns eint: unsere Geschichten, unsere Hoffnungen, unser Bemühen, unsere Triebhaftigkeit. Das ist eine ganze Menge, vor allem vom Letzteren. Es sind überall die gleichen Spielchen, im Wilden Westen, im Osten oder am Fuße des Himalayas. Das sollten eigene Herolde verkünden. Hey, hört doch zu, alle genießen gutes Essen, alle erfreuen sich am Sex, lieben ihre Familie. Daran kannst du keinen Inländer von einem Ausländer unterscheiden. Überall das gleiche Spiel. Also lasst das Gezeter und benehmt euch ordentlich.

Aber mit erhobenem Finger sollten sie auch hinausposaunen, dass es Idioten gibt, brutale, gierige, hemmungslos Rücksichtslose und mörderisch Gefährliche. Und dass es nicht einfach ist, das eine vom anderen zu unterscheiden und viele den Unterschied gar nicht wissen wollen. Sie agieren streng nach dem Motto: Ich nehme alles zusammen und bezahle beim Weggehen. Das gehört hinaustrompetet, laut und deutlich und täglich. Aber in Zeiten, in denen alle trommeln, wer will da auch noch Trompeten hören?

Der zunehmende Druck in den Ohren verhindert es, das weiterzudenken. Wir werden bald landen. Deshalb volle Konzentration auf das einstige Kuhtreiberdorf Calgary. Morgen in Calgary warten interessante Begegnungen.

STÄNDIG LESE ICH IN Magazinen von Bilderbuchlandschaften, höre von der Auslobung der schönsten Plätze eines Landes und anderem Unsinn der aufgeregten Verkäufer von Superlativen. Solche unaufgeforderten Anbiederungen erhöhen den Erwartungsdruck sowohl für den Besucher als auch auf den auf diese Weise ausgezeichneten Territorien.

Oberrettenbach ist eine kleine Welt, in der die große keine Proben hält. Die Oberrettenbacher sind keine Revoluzzer, eher angepasst und erduldend.

Oberrettenbach ist weder ein Bilderbuch noch ein Platz, der für irgendeinen Superlativ herhalten kann. Oberrettenbach ist ein uneitler, kleiner, überschaubarer Landschaftsteil inmitten von feingeschwungenen Hügeln mit Wäldern, durchwunden vom schmalen Rettenbach, in dem sich einst kapitale Forellen tummelten.

An schönen Sommertagen sind wir Kinder mit Onkel Bert an den Bach gefahren, um zu fischen. Onkel Bert hat sich Hose und Hemd ausgezogen und ist nur mit der Unterhose bekleidet in den Bach gestiegen. Das kalte Wasser ließ ihn laut prusten und schnaufen, bis er sich an die Kälte gewöhnt hatte. Dann bespritzte er seinen Oberkörper mit Wasser und machte sich überall nass. Uns Kinder gab er Eimer und wir verteilten uns am linken und rechten Bachufer. Onkel Bert kniete sich ins Wasser des Baches und griff mit beiden Händen entlang der Bachufer unter die Wurzelstöcke, Steine und Höhlen. Schwups – und er hatte die erste Forelle. Die wehrte sich, wandte und schlängelte sich, aber Bert ließ sie nicht mehr los. Er tötete sie und warf sie ins Gras des flachen Ufers, wo wir Kinder sie aufsammelten und in einen unserer Eimer steckten. Je nach Einstiegsstelle fischten wir bachaufwärts oder -abwärts. Wir Kinder lernten jede Menge über Flusskrebse und Forellen und warum Brennnesseln am Sonntag angeblich nicht brennen – was aber nicht stimmte, wie die vielen Pusteln auf unseren Armen und Beinen bewiesen.

Von den Fischen nahmen wir nur die großen Exemplare und fischten gerade so viel, wie wir für ein ordentliches Fischfestmahl für die ganze Familie brauchten. Nie mehr. Wenn wir an einem der nächsten Sonntage wiederkamen, sollte es auch noch Forellen für unsere leeren Eimer geben. Nachdem sich Onkel Bert im Bach gewaschen hatte, stiegen wir in den alten VW-Käfer und fuhren den Hügel hinauf. Oben auf dem Hügelkamm stehen auch heute noch vereinzelt schlanke Säulenpappeln, die weit in die Landschaft grüßen.

Im Großen und Ganzen sind die Oberrettenbacher unaufgeregt und achten auf Distanz. Der Verlauf der Geschichte hat ihre Psyche zu einer Legierung aus natürlichem Misstrauen und Vorsicht gemischt. Awaren, Hunnen, Türken, Russen und Kosaken haben mental ihre Spuren hinterlassen.

Derjenige, auf dessen Rücken ständig irgendwelche fremden, gewalttätigen Reitervölker aus dem Osten herumgetrampelt sind, reagiert verständlicherweise sensibel, wenn es an der Haustür klopft. So ist das auch bei den Oberrettenbachern. Diesbezügliche Traditionen ändern sich nur zäh, vor allem dann, wenn damit zu rechnen ist, dass wieder irgendwelche Hunnen vor der Haustür stehen.

CALGARY. DIE HUNNENGEFAHR IN Kanada ist gering. Dafür gibt es andere Überraschungen. Es ist der 17. September und 10.00 Uhr vormittags in Calgary, draußen liegt Schnee. Ein eisiger Wind weht das leichte, flockige Weiß über die breite vierspurige Straße. Ich sitze im „Day's Inn"-Hotel in Calgary-Süd und warte auf die Ankunft meines kanadischen Partners zur Abfahrt nach Pincher Creek.

Die Wirtschaft in Alberta boomt wie noch nie. Überall Kräne, neue Bohrtürme und Erdgasanlagen in der weiten Landschaft. Trotzdem hat mir Kanada schon besser gefallen. Bei meinem ersten Besuchen war Kanada Europa in vielen Belangen voraus. Heute würde ich sagen, Kanada hat nichts, was Europa nicht auch hat. Europa hat es nur besser und qualitätsvoller.

Faszinierend und staunend betrachte ich nach wie vor die Größe und Weite des Landes. Alles ist größer und weiter und entfernter. Eine kanadische Redensart beschreibt das so: „Wenn die Hausfrau am Morgen aus dem Fenster schaut und am Horizont eine Staubwolke sieht, dann weiß sie, dass sie am Nachmittag Besuch bekommt."

Trotzdem oder vielleicht auch gerade deswegen begegnen sich die Menschen respektvoller und herzlicher. Kanada, dieses herrliche, zweitgrößte Land der Erde mit seinen unermesslich weiten Ebenen, ist eine Kornkammer der Welt; das Land birgt riesige Rohstoffreserven, hat moderne, boomende Städte mit der buntesten und freundlichsten Bevölkerung des Planeten. Zusammengewürfelt aus allen Herren Ländern, sind sie alle stolz darauf, Kanadier sein zu dürfen. Kanada ist ein wunderbares Land. Manchmal spielte ich mit dem Gedanken, mich hier mit Chris und den Kindern niederzulassen. Aber der Lachs in mir will durch die Ozeane des Lebens kreuzen und, wenn es an der Zeit ist, in den Fluss seiner Herkunft zurückkehren. Der Zugvogel hingegen verlangt kürzere Intervalle des Reisens. Damit ist Kanada als Nest auf Dauer ausgefallen. Anton freut sich darüber und applaudiert von seiner Wolke.

Mit einer halbstündigen Verspätung breche ich endlich auf in die Rolling Hills. Raus aus der Stadt, hinaus in den schneidenden Wind der Prärie. Auf nach Pincher Creek. Es wird schneien, wird mir gesagt, aber die Windkraftanlagen werden in vollen Betrieb sein. Mit Energie geizen die Kanadier nicht. In Oberrettenbach dagegen werden die Äpfel reifen und der Wein der Gegend bekommt seine letzte Süße. Und entlang der Buschenschänken werden die Ausflügler die ersten herbstlichen Verkehrsstaus verursachen.

DER FRÜHE HERBSTSCHNEE HAT in Oberrettenbach keine Fans. Wenn es in Oberrettenbach schneite, war es Winter und nicht Herbst. Gemächlich kräuselte sich an solchen Tagen der Rauch aus den Rauchfängen der vereinzelt stehenden Häuser und signalisierte den Nachbarn, auch wenn ihr niemanden von uns draußen seht, ihr seid nicht allein, wir sind alle da. Wir haben es uns nur in unseren warmen Stuben gemütlich gemacht.

Noch heute höre ich das leise Rauschen des körnigen Schnees auf meiner Jacke und sehe, wie sich die weißen verschneiten Dächer vom dunklen, schneeschweren Winterhimmel abgrenzten, während alles Land ringsum in unendlicher Stille versank. Dieses Gefühl der Geborgenheit und Teil eines gemeinsamen Ganzen zu sein, war schön und intensiv und hätte mich süchtig machen können.

Jedes Jahr, wenn es Winter wird und der Schnee leise vom Himmel fällt, denke ich zurück an diese Ruhe mit ihrer gelassenen Vertrautheit. In Pincher Creek ist das anders. Der Schnee hat hier keine Bedeutung und er kann nichts aufhalten oder verlangsamen. Er ist einfach da und morgen wird ihn der Wind wieder verblasen haben.

PINCHER CREEK/ALBERTA. PINCHER CREEK liegt mindestens so abgelegen wie Oberrettenbach. Es ist ein weiter Weg von Calgary über grandiose Prärielandschaften mit Weizenfeldern soweit das Auge reicht. Die Straße läuft kerzengerade bis zum Horizont. Dazwischen, wie kleine grüne Inseln, einzelne Farmen im goldig-ockergelben Meer der Prärie. Welcher Gegensatz zu dem, wo ich herkomme. Oberrettenbach ist enger, walddunkler, kurvenreicher und grüner.

Mit jedem Kilometer Highway zoomen sich die Rocky Mountains näher. Das Panorama mit den weiß leuchtenden Gipfeln in der Ferne erinnert mich an die Berge im Norden von „O 33", vom Schöckel bis zum Kulm nach dem ersten Schneefall im Frühwinter. Nur nicht so lieblich, sondern wie alles in diesem weiten Land bizarrer und mächtiger. Eine Blockade des Horizontes aus Fels und Stein.

Es beginnt feinflockig zu schneien. Die Farm von Mister Kensey liegt einsam in der weiten Ebene. Als ich aus dem Auto aussteige, springt mir die eisige Kälte ins Gesicht. Der Wind fegt kalt und beißend über die Felder und verjagt den flauschigen Schnee. Die Kühe stehen mit dem Rücken zum Wind, der ihnen die Rückenhaare zerzaust und aufstellt. Die Flügel der Windräder im Windpark surren und man ahnt, dass das heute ein guter Tag für die Energieerzeugung ist.

Mister Kensey erklärt seine Einkommenskombination aus Weizen, Milch und Windenergie. Wir stehen windgebeutelt in freier Prärie und halten unsere Hüte am Kopf. No, denke ich, hier könnte ich nicht bleiben, dieser eisige Wind würde mich umbringen. Er würde mich ausdörren, mich regelrecht ausblasen und von innen nach außen erfrieren lassen. Den Kanadiern scheint der eisige Wind nichts anzuhaben; sie verhalten sich gerade so, als hätten sie ein Abkommen mit ihm. Motto: Halte uns die verdammten Europäer vom Leib.

Im Unterschied zu Pincher Creek standen unsere Rinder früher das ganze Jahr über im Stall; nur die Ochsen mussten jeden Tag zur Arbeit. Sie zogen die großen Ochsenwagen, beladen mit Holz, Mist oder Heu, den Pflug, die Egge und die Sämaschine. Es war schwerste Arbeit, die sie verrichteten, und ihr Fell war schweißnass und ihre Flanken zitterten, aber sie gaben niemals auf. Wenn wir sie zwischendurch aus großen Eimern tränkten, tranken sie in langen, ruhigen Zügen. Das faszinierte mich. Mit zwei, drei Zügen war ein großer Eimer leer. Daraus entstand die wenig schmeichelhafte Übertragung auf den Menschen: „Der sauft wie ein Ochs." Eine glatte Beleidigung für jeden Ochsen.

Die Ochsen strahlten eine Ruhe und Gelassenheit aus, die auch auf die Menschen ringsum abstrahlte. Die unausgesprochene Botschaft: Alles braucht seine Zeit. Alle wussten es und richteten sich danach. Die Mensch-Tier-Beziehung war emotional und direkt. So wie jeder Ochse auf seinen Namen hörte, wussten Anton und Johann anhand der Reaktion der Tiere, was zu tun war. An heißen Sommertagen bei der Heumahd, wenn am Nachmittag das Heu in großen Fuhren heimgefahren wurde, quälten oft hunderte Bremsen die Körper der Ochsen. Wir Kinder hatten die Aufgabe, mit Zweigen aus dem Gebüsch, die Ochsen von diesen Blutsaugern zu befreien. Das war eine nicht ganz ungefährliche Arbeit für uns Kinder und dem Heufasser am Wagen.

Der Heufasser stand am Heuwagen und schichtete das aufgegabelte Heu. Die jungen Ochsen, die ihre erste heiße Sommersaison erlebten, reagierten oft empfindlich auf die Stiche der Bremsen. Sie schlugen unruhig und nervös mit dem Kopf, peitschten mit dem Schwanz und sprangen ruckartig nach vorn oder zur Seite. Sie konnten aber auch vollkommen durchdrehen und galoppierten dann mit aufgedrehtem Schwanz und halbvollem Heuwagen samt erschrecktem Heufasser obendrauf auf und davon. Da half nur ein schneller Sprung zur Seite und für den Heufasser am Wagen hieß es, je nach Gelände, Ruhe bewahren oder mit vollem Risiko sofort abspringen. Zwei Mal haben wir auf diese Weise eine Fuhre Heu verloren und den Heufasser, mit unzähligen blauen Flecken, austauschen müssen. Die Sündenböcke waren wir Kinder. Unsere Bremsenabwehr hatte auf die Ochsen keinen Eindruck gemacht. Im Gegenteil. Ihre aufgedrehten Schwänze bewerteten unsere Arbeit mit dem Prädikat „Scheiß drauf".

OBWOHL MIT 17 JAHREN zur deutschen Wehrmacht an die Ostfront eingezogen, erzählte Johann von seinen Kriegsjahren faktisch nichts. Darüber wollte er nicht reden. Er wollte nicht erinnert werden. Der Zweite Weltkrieg hatte einen Teil von ihm verschlungen, und er wollte von den schrecklichen Erlebnissen nichts aufrühren. Keine Heldengeschichten, kein Jammern und keine Angeberei. Nichts. Das war weit weg und irgendwo versteckt, nichts, worüber er hätte erzählen wollen. Nur so viel in all den Jahren unseres Zusammenseins:

„Niemand, der es nicht selbst erlebt hat, kann sich das vorstellen. Es ist unvorstellbar."

Dann kam das Wasser in die Augen. „Zwei Mal bin ich von den Russen gefangen genommen worden. Russisches Kriegsgefangenenlager. Der wahnsinnig machende Hunger. Zwei Mal bin ich wieder ausgebrochen und geflohen. Ich habe Gras gefressen und aus Wasserpfützen mit Pferdescheiße getrunken. Bis mich die Malaria in die Knie zwang."

Mit eisernem Willen schlug er sich bis zu einer deutschen Einheit durch, die ihn direkt in ein Lazarett verfrachtete. Danach wieder an die Ostfront. Noch einmal russische Gefangenschaft. Wieder Flucht. Als er am 2. August 1945 zu Haus ankam, haben ihn seine eigenen Eltern nicht erkannt. Erst zwei Jahre nach Kriegsende, 1947, hatte Johann die Malaria besiegt.

Wann immer Männerrunden beieinander saßen und über den Krieg erzählten, hörte er nur zu. Das Einzige, was ihm dabei zu entlocken war, war sein Frontabschnitt, wenn einer ihn danach fragte. „Russische Südfront, Krim" antwortete er dann. Dieses Kapitel hielt er, wie Anton, verschlossen. „Warum", so Johann, „soll ich an die schrecklichste Zeit meines Lebens die Erinnerung wachhalten? Ich wollte, ich hätte es nie erlebt."

MURCIA – ANDALUSIEN. DER KANADISCHE SCHNEE ist abgeklopft und geschmolzen. Das ist sprichwörtlicher Schnee von gestern. Heute reise ich von Wien über Palma de Mallorca nach Murcia. Anton sitzt draußen auf den Schwingen des Flügels und winkt mir zu. So wie ich freut auch er sich auf die Sonne. Ich werde mir in der Gegend um Murcia Solarkraftwerke ansehen. Reisen ist zwar schneller, aber nicht bequemer geworden. Jedes Mal, wenn ich mich in ein Flugzeug zwänge, ist das eine Art Schubumkehr zur erwünschten Bequemlichkeit. Ich tausche trainierte, alltägliche Routine mit rationaler Geschäftigkeit. Ich bin wichtig. Was ich tue, ist wichtig.

Meine Ohren schmerzen. Das Flugzeug senkt seine Nase zum Landeanflug; das träge gekräuselte Mittelmeer liegt unter mir, mit der flachen Küstenlandschaft von Murcia. Der Flieger schraubt sich hinunter und Meer und Küste zoomen sich näher. Ein unsanftes Rumpeln. Wir sind gelandet. Palma de Mallorca und Murcia trennen über tausend Kilometer, aber nur wenige Zeilen des Nachdenkens. So schnell geht das. Ich sehe die Sonne am wolkenlosen Himmel, die Palmen und freue mich auf Andalusien und die Kraft seiner Sonne. Anton dagegen hat es vorgezogen, sich an einem schattigen Platz im Himmel zu verkriechen.

JOHANNS WICHTIGSTE ZEIT WAR das Wochenende. Diese Zeit brauchte er nicht mit seiner Tätigkeit in der Stadt zu teilen; er widmete sie voll und ganz der Landbewirtschaftung. Alle wichtigen, länger andauernden Arbeiten fanden daher am Wochenende statt. Die Samstage waren immer ausgebucht. Die Haupttätigkeit den ganzen Sommer über waren die Heuarbeiten: Gras mähen, trocknen, kehren, heimfahren, mit dem Gebläse auf den Heuboden blasen. Schwitzen, fluchen, trinken. Danach, am Abend, in den Stall, die Tiere füttern, die Kühe melken und wenn noch Zeit blieb, bevor die Sonne endgültig hinter den Hügeln verschwand, ein Huhn für den Sonntagsbraten schlachten. Johann schaffte das. Über Jahrzehnte.

Zusammen mit Margarete kaufte er Maschinen, baute Silos, bestellte moderne Aufstallungen, betonierte Plätze. Die Arbeit wurde nicht weniger. Trotzdem durfte der einzige Sohn studieren, sich jeden Sommer im Ausland herumtreiben und ein langes Praktikum in England absolvieren. Die schier unerschöpflichen Kräfte von Margarete und Johann trugen das. Sein Motor lief auf Hochtouren und nur an Sonntagnachmittagen schlief er im Sessel müde über der Zeitung ein. Während der Woche stieg er aufs Gas, volle Kraft voraus. Im Normalfall stand er um fünf Uhr früh auf, erledigte die grobe Arbeit im Stall, wusch sich und fuhr zur Arbeit in die Stadt. Den Rest besorgte Margarete.

Alles am Hof war am neuesten Stand, immer vorn mit dabei. Das freute Johann und machte ihn stolz. Er beanspruchte nichts für sich, aber alle sollten es besser haben. Das motivierte ihn. Bevor er ein Werkzeug in die Hand nahm, spuckte er in die Hände und packte kraftvoll zu.

Margarete glich in vielen Hedwig, ihrer Mutter; sie war mutig, dynamisch und weltoffen. Wie Anton und Hedwig sahen sich auch Johann und Margarete als Diener ihres Gutes. Ihr Dasein gehörte der Familie und dem Hof. Dazu gehörten, sie und er, das Kind, die Tiere, der Wald, die Felder und Wiesen. Alldem galten ihre Sorgen, die Anstrengungen und das Wohlwollen. Dafür wurden die eigenen Bedürfnisse in den Hintergrund gestellt. Gemeinsam wurde zugepackt. Johann schaffte die groben und schweren Arbeiten. Das blieb aber nicht die einzige Arbeitsteilung. Wie Anton hasste Johann es, sich irgendwo öffentlich hinzustellen und seinen Standpunkt zu vertreten. In solchen Momenten musste Margarete ausrücken, was sie nicht ungern tat. Wie es damals am Land, in einer patriarchalischen Gesellschaft, üblich war, sollte es aber so aussehen, als spreche sie im Auftrag von Johann. Das war weder einfach noch glaubhaft, aber es wurde von allen so gespielt, um den Schein zu waren. Da es alle gleich taten, hatte alles seine Ordnung.

Margaretes Herzstück waren die Kühe und Stiere. Damit verdiente sie ihr Geld, mit dem wieder Neues angeschafft werden konnte. Eine neue Küche, eine vergrößerte Lagerhalle und jede neue Maschine zeigten, dass es aufwärts ging in Oberrettenbach 33. Das waren die sichtbaren Zeichen des Erfolges nach innen wie nach außen. Daran klammerten sich alle in jenen Jahren der Wirtschaftswunder, bestätigte es doch die Richtigkeit des eigenen Einsatzes, spornte an und motivierte. Margarete und Johann waren da ganz vorn mit dabei. Schließlich ist das Leben zum Arbeiten da, oder?

MADRID – PAMPLONA. FLUG Nummer IB 8599 führt mich vom Süden Spaniens in dessen Mitte: von Almeria in Andalusien nach Madrid. Es ist finstere Nacht und unter mir erscheinen die beleuchteten Häuser und Straßen klein, wie aus einer Spielzeugschachtel. Das Käse-Sandwich drückt im Magen und irgendwie wäre ich froh, wieder festen Boden unter den Füßen zu haben, um selbst bestimmen zu können, wohin ich mich bewege. Ich bin kein Vogel, der immer in der Luft sein muss. Im Gegenteil, ich sitze gern auf irdischen Plätzen. Als hätte jemand meine Gedanken erraten, senkt der Vogel seine Nase zur Zwischenlandung in Madrid nach unten. Umsteigen. Steifbeinig stapfe ich durch die endlos langen Gänge und Rolltreppenschluchten des Flughafengebäudes und suche mein Gate. In einer Stunde bin ich wieder wie ein Vogel – unterwegs nach Vitoria im Baskenland. Dann per Auto noch weitere 100 Kilometer durch die Nacht nach Pamplona hinauf. Mein Bett im Hotel „Tres Reyes" in Pamplona wird mich erst nach Mitternacht spüren und da nur ganz leicht. Seit dem schnellen Frühstück im Hotel und dem Käse-Sandwich im Flieger hat mein Magen heute noch nichts begrüßen können. Das ist für ein sackartiges Organ, das es gewöhnt ist, täglich mehrmals gefüllt zu werden, enttäuschend dürftig. Entsprechend drohend das laute Knurren.

DIE SENSE LEGTE EINE Mahd nach der anderen, während Margarete und ich mit dem Rechen das Gras zu großen Haufen zusammenfassten. Dann holten wir den Ochsenwagen und später, als wir einen Traktor hatten, den Anhänger und gabelten das Gras auf den Wagen. Das war eine schweißtreibende Arbeit, die jeden Tag getan werden musste, und verbrauchte eine Menge Kalorien. Das Fitnessstudio lag sozusagen direkt vor dem Haus, und es konnte keinen einzigen Tag geschwänzt werden.

An Samstagen wurde das Futter auch für den Sonntag mitgearbeitet. An diesen Tagen musste ich als Kind immer auf die Fuhre klettern und darauf herumlaufen, um das Gras dadurch zu verdichten, damit alles Platz hatte. Das war lustig, weil ich nur hin und herlaufen und mich schwermachen musste. Zu Haus gabelten wir das Futter in die Futterkammer. Die Futterkammer lag direkt neben dem Stall und war sozusagen der Kühlschrank für das Rindvieh. Je früher am Morgen das Gras in die Futterkammer kam, desto länger blieb es frisch. Das frühe Aufstehen hatte daher auch etwas mit Tierliebe zu tun. So begann jeder Tag von Anfang Mai bis Ende Oktober auf Oberrettenbach 33 sehr früh.

Heu machen ist auch heute noch, trotz aller Maschinen und technischen Hilfsmittel, eine der wichtigsten Arbeiten auf Bauernhöfen mit Kühen. In der Erinnerung meiner Kindheit haben wir von Mai bis September immer Heu gearbeitet. Es ist eine spannende Aufgabe, Gras zu mähen, es in der Sonne zu trocknen und das fertige Heu noch vor dem nächsten Regen in die Scheune zu bringen. Und es ist ein unbeschreiblich schönes Gefühl, in der Scheune zu stehen, den Regen auf das Dach trommeln zu hören und zu wissen, die Ernte ist eingebracht, der Winter kann kommen und das Vieh wird genug Futter haben. Das sind Glücksmomente der besonderen Art. Der Duft des Heus und das Gefühl der Unabhängigkeit machen das Glück erst vollkommen. Der Grad der Zufriedenheit ist so groß, dass sie wie eine wohltuende Medizin wirkt und für all den Schweiß und die erbrachten Mühen reichlich entschädigt. Es ist das unausgesprochene Lob dafür, alles richtig gemacht und es noch vor dem Unwetter geschafft zu haben.

Damit ist für den Winter, für Mensch und Tier vorgesorgt. Morgen könnte der Frost über das Land fallen und niemand müsste hungern oder frieren und es würde ein langer und gemütlicher Winter werden. Das ist echte Freude, liebe Leute.

PAMPLONA, WAS FÜR EIN Name. Pamplona, was für Assoziationen mit Stieren, Blut und Hemingway. Jetzt, außerhalb der Saison, wirkt Pamplona ziemlich verlassen, nass, nebelig und regnerisch. Ein mir völlig unbekanntes Pamplona zeigt mir hier sein anderes Gesicht. Beim morgendlichen Blick aus dem Fenster des Hotels „Tres Reyes" wirkt Pamplona irgendwie unwirklich. So hat meine Phantasie Pamplona noch nie gesehen. Da unten sehe ich eine ganz gewöhnliche Stadt, mit gewöhnlichen Straßen, gewöhnlichen Autos und unaufgeregten Menschen. Liegt es am Regen?

Mein Pamplona ist Sonne, Stiere, Fiesta, ist Hemingway. An diesem Morgen ist, nach einem Nachtgewitter, alles nass und nebelverhangen. Alles wirkt düster, novemberschwer und eher typisch für eine Stadt in Skandinavien, denn in Spanien. Dieses Pamplona kenne ich nicht. Es ist mir eine komplett fremde Stadt. Aber die Windräder, am Kamm der Bergketten entlang der Stadt, erzählen eine neue Geschichte von Pamplona und die werde ich mir anhören.

SCHON ALS KIND HABEN mich Windräder fasziniert. Als Bub hatte ich mir eines vom Kirtag auf mein Fahrrad montiert. Je schneller ich fuhr, desto angenehmer surrte es. Ein ähnliches Geräusch höre ich jetzt. Es ist lauter und kräftiger, aber noch immer angenehm surrend wie einst auf meinem Fahrrad. Ich stehe oben auf einem Bergkamm oberhalb von Pamplona zwischen vier langen Reihen von Windpropellern. Eine steife Brise zieht über den Bergrücken und entlockt den breiten Windflügeln einen peitschenden Takt: Zisch …, zisch …, zisch   Über dicke Kabel wird der erzeugte elektrische Strom abgeleitet und Pamplona und Umgebung nächtens beleuchtet. Die Stierkämpfer, wenn sie abends müde nach Hause kommen, besehen ihre Schrammen und Beulen im Lichte der Windenergie. Zu Hemingways Zeiten wäre niemand auf die Idee gekommen, auch nicht im intensivsten Suff, so eine Verrücktheit zu phantasieren.

Seit Tausenden von Jahren pfeift der Wind über diese Bergkette. Zum ersten Mal wirbelt er nicht nur Staub auf, sondern beleuchtet die Bewohner der Provinz Navarra. Der Wind bläst Tag und Nacht und er schickt keine einzige Rechnung. Ein echter Freund und Helfer ist aus ihm geworden. An stürmischen Tagen des Spätherbstes sehen die Menschen nicht verängstigt aus ihren Fenstern. Im Gegenteil, sie räkeln sich in der Wärme ihrer Häuser, lauschen dem Brausen und wissen, da schuftet jemand zu ihrem Wohle. Fiesta in den Bergen. Ich habe genug gesehen. Pamplonas neue Stiere röhren am Berg.

JOHANN STARTETE DEN KLEINEN roten Traktor, dockte die Heuwendemaschine daran und fuhr hinaus zur Hauswiese, um das letzte Heu des Jahres zu wenden. Es war ein Heutag, wie er ihn mochte; ein heißer, sonniger Spätsommertag. Er hockte mit Stirnkappe und T-Shirt auf dem ausgefransten Traktorsitz und wusste, am Nachmittag würde das Heu fertig zum Einfahren sein.

Heute Morgen schon hatte er Emma, die älteste Kuh im Stall, an den örtlichen Fleischhauer verkauft. Ein schwieriger Handel. Altes Fleisch hatte keinen Preis. Irgendwie tat es ihm leid. Emma war eine problemlose Kuh gewesen. Aber wenn geboren wurde, musste auch gestorben werden. Arbeit war genug da und er war nicht mehr der Jüngste. Nein, nur keine Vergrößerung der landwirtschaftlichen Latifundien. Ganz im Unterschied zu Margarete konnte er sich keine Erweiterung vorstellen. Nur keine Experimente. Wer sollte, wenn er eines Tages nicht mehr mochte, das Gras mähen, das Heu wenden, die Tiere füttern? Zugvögel waren für Dauerlösungen nicht zu gebrauchen.

Heuwenden galt für Johann als erholsame Arbeit. Er durfte seine Gedanken frei laufen lassen. Es war keine Arbeit, die einer besonderen Aufmerksamkeit bedurfte. Allerdings nur so lange, wie auch der Traktor lief. Genau das tat er jetzt nicht. Das kleine Ungetüm blieb einfach mitten im Heu stehen. Johann probierte ihn neu zu starten. Nicht ein einziger Mucks. Kein einziger Rüttler. Johann warf sich unter den Traktor, kontrollierte die Gelenkwelle, schraubte an der Batterie. Keine lockere Schraube, keine Verklemmung, kein Kurzschluss. Johann fluchte kräftig. Immer diese unvorhersehbaren Ereignisse. Wenn hier nicht bald alles wieder lief, konnte er das Heu für heute vergessen. Und morgen sollte es regnen. Das bedeutete, die ganze Arbeit noch einmal von vorn beginnen zu müssen. Er mochte gar nicht an den doppelten Schweiß und die doppelte Mühsal denken. Zornig hieb er mit der Faust auf den Traktor und traf den Tankdeckel. War es der Tank? Hatte er zu wenig Diesel?

Tatsächlich, der Tank war leer. Dem konnte geholfen werden. Ein Kanister Diesel gluckste in den Tank. Bald tuckerte Johann wieder durch sein Heu und ließ die Gedanken galoppieren. Wie lange würden das Margarete und er noch schaffen? Irgendwann würde ihr Motor wie beim Traktor stehen bleiben. Dann half kein Diesel, der ihn wieder zum Laufen bringen konnte. Keine guten Aussichten für einen Motor, der schon viele Jahre mit höchster Drehzahl lief und dessen Tank auch leer werden würde. Johann war diese Erfahrung nicht neu, aber als Praktiker wusste er: Jeder Tank hat auch eine Reserve. Dann halt umschalten auf Reserve und weiter geht's.

BILBAO. IRGENDWIE FÜHLE ICH mich ausgelaugt. In den vergangenen Tagen bin ich kreuz und quer durch das Baskenland gereist, gestolpert und getrampt. Auf den Anhöhen ringsum habe ich die Windparks studiert, bin ein Stück den Jakobsweg gegangen und in einer, in ihrer achteckigen Schlichtheit ergreifend schlichten romanischen Kapelle in stille Andacht verfallen. Bald steige ich wieder wie ein Vogel in die Luft. Von Bilbao, diesem eigentümlich modernen Airport, nach Palma de Mallorca und dann weiter nach Wien.

Beim Take-off wird es leise im Flugzeug. Alle konzentrieren sich auf den Start. Das Licht in der Kabine wird zurückgenommen, die Triebwerke röhren auf und drücken mich in den engen Sessel. Bilbao, du eingekesselte Stadt zwischen Bergen und Meer, Guggenheim hat dich berühmter gemacht, als es deine Industrie je geschafft hat. Bis zum nächsten Mal.

Ich schau zurück aufs Meer und fliege zurück nach Oberrettenbach in den Herbst, dem ein Winter folgen wird, in dem wir kreativ sein wollen, um neue Ideen für die weitere Zukunft von Oberrettenbach 33 zu finden.

Für Chris und mich war es nach unserer Rückkehr aus Wien immer klar gewesen, am Land, in einem zentralen Ort und in einem eigenen Haus zu wohnen. Unsere Berufe und die Reisen brauchten gute Verkehrsanbindungen. Wien hatte uns diesbezüglich verwöhnt.

„Die Ranch", wie wir Oberrettenbach 33 unseren Zweitwohnsitz auch nannten, war in guten Händen. Darum brauchten wir uns nicht zu sorgen. Oder besser: noch nicht zu sorgen. Johann und Margarete gaben ihr Bestes. Das war ihre Lebensaufgabe. Sie rackerten und schufteten und gönnten sich kaum eine freie Stunde. Es gab immer Arbeit. Jedes Bauwerk wurde für die Ewigkeit errichtet. Das war schon immer so. Margaretes Stehsatz dazu lautete: „Es soll auch euch überdauern." Ganz so, als wüsste sie, was das Bessere ist, für uns und die Ewigkeit. Wann immer Chris und ich Zeit hatten, und wir nahmen uns viel Zeit, halfen wir mit. Das waren stressige, aber auch sehr schöne Zeiten. Draußen in der freien Natur und abends nach getaner Arbeit in der Küche bei der Jause oder sonntags in der Pergola beim gemeinsamen Mittagessen war die Freude, wieder etwas geschafft zu haben, dann besonders groß. Oder wenn Speedy, der kleine Yorkshire Terrier, nebenan auf der Bank hockte und Margarete ihn wie ein Kind verwöhnte. Und jedes Mal, wenn ich sagte: „Mach das nicht!", lautete die Antwort: „Auch Hunde haben Hunger und wollen verwöhnt werden."

FRANKFURT AM MAIN. ENDLICH wieder Frühling. Der Winter war schneereich und kalt gewesen. Egal wie lange ich daheim bin, immer weiß ich wie der Zugvogel, wann es wieder Zeit ist, hinauszufliegen. Das hält mich wach.

Es ist später Abend und ich lehne an einer metallenen Absperrung in Frankfurt am Main und warte auf meinen Flug nach Casablanca. Katrin, Klemens und Chris sind dabei. Die Gates sind voller Menschen. Die Mehrzahl der Flüge findet am frühen Morgen oder am Abend statt, je nachdem, wohin man abhebt. Um diese Zeit ist *Rushhour* in der Luft und zur ebenen Erde.

Müde, erwartungsvoll, apathisch, stumm oder einsam vor sich hindösende Frauen, Männer und auch Kinder: Es ist eine Versammlung der Weltbevölkerung auf engstem Raum zwischen Gate B 42 bis B 48. Vor den meisten liegt noch eine lange Nacht auf dem Weg nach Tokio, São Paulo, Casablanca, Kairo, Johannesburg, Peking, Teheran oder Buenos Aires. Jetzt ist diese Welt am Frankfurter Flughafen etwa tausend Quadratmeter eng. Eine kleine Welt für fünf Kontinente.

Wenn die Nacht vorbei ist, werden diese Menschen in alle Himmelsrichtungen verfrachtet sein. Der neue Morgen wird sie in ihren jeweiligen Städten und Kontinenten treffen und sie werden sich an ihrer, ihnen vertrauten oder neuen Umgebung freuen und nicht länger an den Mikrokosmos Airport Frankfurt am Main denken. Sie werden es vergessen haben, was sie hier dachten und fühlten. Sie werden wieder ihrer gewohnten Arbeit oder dem gebuchten Vergnügen nachgehen und keiner wird sich an seinen Augenblicksnachbar in Gate B 42 erinnern. Obschon man für viele Stunden in eine Schicksalsgemeinschaft verwoben war, bleibt vom Gegenüber nichts. Außer, ein Unglück, eine Entführung oder ein anderes besonderes Ereignis hat die Berührungsnähte miteinander verknüpft und zusammengeschweißt. Was das Gute nicht schafft, kann oft das Böse. Auf großen Flugplätzen springt mir dieses eigentümliche Strickmuster immer ins Bewusstsein.

Letzter Aufruf nach Casablanca. Ich komme, Kleines …

DER FRÜHLING HATTE AUCH Veränderungen in Oberrettenbach 33 gebracht. Johann hatte einen Teil seines Doppellebens an den Nagel gehängt. Er war in Rente und brauchte nicht mehr zur Arbeit in die Stadt. Der Bauer war zurück. Noch einmal starteten er und Margarete durch. Im Stall reihte sich Kuh an Kuh und Kalb an Kalb. Margarete brachte jeden Morgen mit ihrem roten VW Polo mehr Milch als am Vortag zur Milchsammelstelle nach Prebensdorf. Tierärzte schlurften über den Hof, Milchkannen schepperten, Traktoren starteten in der Morgendämmerung. Von morgens bis abends pralles Leben. Finanziell abgesichert, wurde getan, was sie schon immer tun wollten. Ein neuer Aufbruch, mit neuer Hoffnung und altem Ehrgeiz. Johann und Margarete fühlten sich zu jung für das alte Eisen. Sie wollten es noch einmal wissen. Mutig und kraftvoll langten sie zu.

Doch das Leben zieht vorbei, während man mit anderen Dingen beschäftigt ist.

CASABLANCA. NACHTTRUNKEN KLETTERE ICH aus dem Flieger und verkrieche mich in mein Hotel. Mitternacht vorbei. Meine Wiesenträume werden warten müssen, umso gespannter erwarte ich die weißen Häuser dieser marokkanischen Stadt. Casablanca, welch vorgefertigtes Korsett in meinem Kopf! Exotisch, orientalisch und doch der ganzen Welt gehörend. Welch Donnerrollen in meinem Blut, welcher Vulkanausbruch meiner Phantasie. Casablanca, ich komme. Ich schau dir in die Augen, Kleines. Aber lass mir Zeit bis morgen.

Nach der ersten Nacht ist alles anders. Casablanca hat nicht gehalten, was es mir im Vorfeld versprochen hat. Das Phantombild ist zerbröckelt. Ein bisschen schlampig, umständlich gemächlich, eher einer alternden Diva gleichend denn einer feurigen Liebhaberin. Ein in die Jahre gekommenes Mädchen mit zur Üppigkeit angewachsenen Rundungen. Casablanca, altes Mädchen, möchte ich der Stadt zu rufen, bedenke, auf Dauer wird ein Mythos zur Belastung, wenn er nur noch enttäuscht. Damit provoziert man keine Seitensprünge.

In einer Stunde werde ich auf Achse in die Hauptstadt Rabat sein. Marokko hat ein beeindruckendes Energiepotenzial, Wüstensonne, starke Winde im Atlas und eine ausbaufähige kleinbäuerliche Landwirtschaft. Das junge Marokko sieht sich als Angebot für das alternde Europa. Das Talent ist da, aber genügt das als Angebot? Jeder hat etwas zu bieten, aber wer braucht etwas davon? Wer bietet mehr? Fragen sie mich.

Bei einer launigen Feier mit Freunden wurde ich gefragt: „Was kannst du?" Überheblich habe ich Folgendes vorgetragen:

Ich kann Frühstücksbrote streichen, Polenta kochen, den Mittagstisch abräumen, einen Espresso servieren und Gute-Nacht-Geschichten vorlesen. Ich kann tanzen, Bälle eröffnen, mit Freunden feiern, Bücher schreiben und mit dem Snowboard die Planai hinunter „caven".

Ich kann betriebswirtschaftlich rechnen, herzhaft lachen und entspannt die Natur belauschen. Ich kann Mais pflanzen, vortragen, Verhandlungen führen, Veranstaltungen moderieren und schlüpfrige Witze erzählen. Ich kann Reden halten, lachen, flirten, charmant und eisig sein.

Ich kann Bäume fällen, Holz spalten, einheizen und Wärme entfachen. Ich kann schreiben, dichten, erzählen, mit Geschichten jonglieren, provozieren, informieren und entspannen. Ich kann streicheln, schmusen, verständnisvoll sein und Liebe aus vollen Töpfen verteilen.

Ich kann Felder bestellen, Korn säen, Tiere verstehen und Ernte organisieren. Ich kann herausfordern, explodieren, einschläfern, referieren und meine Meinung sagen. Ich kann küssen, lieben und dabei in mir verborgene Talente entdecken.

Ich kann mich durchsetzen, meinen Standpunkt erklären und mich bemerkbar machen. Ich kann mit Tieren umgehen, Kühe melken, den Stall ausmisten, Hühnern den Kopf abhacken und Kühen bei der Geburt helfen. Ich kann politisch agieren, Photovoltaikanlagen bauen, mich an der Sonne erfreuen, entspannt am Pool liegen und neue Projekte schmieden. Ich kann eine Mauer aufstellen, den Verputz anbringen, bohren und Dübel einschrauben. Ich kann Faulenzen und Tagträumen, ungewöhnliche Ideen gebären, Bilder malen und mich am Schönen erfreuen.

Aber am allerbesten kann ich über mich selbst lachen! Das ist die höchste Form der Kunst: mich selbst nicht immer ernst zu nehmen.

Das ist mehr, als du von einem Kerl wie mir erwarten kannst, oder?

RABAT. ICH SITZE IM Schatten eines kleinen marokkanischen Cafés in der Nähe der alten Festung von Rabat und schaue hinaus auf die Dünung des Meeres. Die frische Brise vom Ozean trocknet den Schweiß auf der Haut, während ich nachdenke, was ich sonst noch alles kann und wohin die sich abzeichnenden Veränderungen führen werden. Die Beamten im Königlichen Ministerium werden heute wohl ähnlich agieren und Marokko im besten Lichte zeigen. Auf dem großzügigen Exerzierplatz vor dem königlichen Palast übt die Palastwache in der prallen Sonne. Rabat wirkt jugendlich frisch, herausgeputzt und organisiert. Authentische Tradition und selbstbewusster Charme signalisieren dem Fremden: Wenn du mehr wissen willst, musst du dich mit mir einlassen, musst du mich erobern. Um mich besser kennen und verstehen zu lernen, solltest du meine engen Gassen durchwandern und die Weite des Ozeans atmen. Enge und Weite. Abgeschlossenheit und Offenheit. Der Orient bleibt mir rätselhaft.

Fremdsein ist kein geografischer Begriff an sich, sondern einer der emotionalen Ferne. Wenn ich etwas kennen lernen möchte, muss ich mich darauf einlassen. Nur wer sich einlässt, bekommt Einlass. Das gilt für die Stadt, für das Land und für jede Person. Je unterschiedlicher die Kulturen sind, die aufeinandertreffen, desto offener und respektvoller müssen beide Seiten miteinander umgehen. Marokko versucht sein Bestes und ich versuche mein Bestes. Dafür reise ich und begebe mich in die Fremde, so wie es mir Anton immer von Simon erzählte. Marokko ist ein orientalisches Land, in dem die Menschen anders leben, sich anders kleiden und aus anderen Motiven entscheiden. Ich mache Angebote und Rabat macht Angebote. Und ich würde lügen, gäbe ich nicht zu, dass mir die Wiesen und Obstgärten von Oberrettenbach 33 vertrauter sind. Hast du Lust, sie zu sehen, dann komm.

Du willst unser Stück Land sehen? Komm mit. Ich zeige dir mein Land. Sieh dich um.

Das Land gibt mir Freiheit: freie Sicht, freie Bewegung, freies denken, freie Verpflegung, freies Atmen, freie Tiere, freies Pinkeln, freie Liegeplätze, freie Früchte und wenn ich will, freie Arbeit und auch Freibier.

Das ist mein Land. Das ist meine Landschaft. Alles was du hier siehst, ist von uns und unseren Vorfahren geschaffen, außer dem Himmel. Jedes Tier hat seinen Namen, jeder Baum seinen Platz und jede Pflanze ihren speziellen Duft. Ich weiß, wann das Gras durstig ist und ob es nächstes Jahr eine gute oder geringe Obsternte geben wird.

Schau dort. Da steht noch der alte Bonapfelbaum, den alle aus Grimms Märchen „Frau Holle" kennen. Als Kind habe ich ihn in stürmischen Herbstnächten oft rufen gehört: „Wer schüttelt mich, wer rüttelt mich?" Die faule Pechmarie hat nie einen Finger gerührt und die fleißige Goldmarie wurde höchstwahrscheinlich entführt. So blieb die Arbeit des Bäumeschüttelns und des Äpfelklaubens auf unserer Märchenfarm immer uns.

Als hier noch unsere Rinder, Schweine, Hühner und Enten den Rhythmus des Tages bestimmten, wurlte es hier von Leben und Geschäftigkeit. Die ersten, die sich noch im Morgengrauen bemerkbar machten, waren die Hähne. Unser Hahn krähte und der Hahn beim Nachbar antwortete. So ging das schon im Morgengrauen los, später muhten die Kühe und kurz danach forderten auch die Schweine ihr Frühstück. Und wenn Johann und Margarete dann endlich vor dem Haus standen und sich den Schweiß aus dem Gesicht wischten, watschelten bereits die Enten über die Wiese von ihrem ersten Ausflug zurück zu ihrem Futtertrog.

Jetzt stehe ich da und lausche, wie vom alten Birnbaum die Spatzen schwatzen, von den Eisäpfelbäumen die Meisen zwitschern und vom wolkenlosen Himmel die jungen Habichte schreien. Überall Leben. Umzingelt von Tieren und Natur. Das ist heute bis auf die Kühe und Schweine noch genauso wie damals.

Aber auch der Himmel über unserem Land ist unser Himmel und er ist blau; ich sehe die Wolken kommen und gehen und frage mich, wo sie sich an wolkenlosen Tagen verstecken.

Mein Land ist voller Geheimnisse und Abenteuer, voll von Millionen stillen Helfern, lieblichen Liedern, eigenwilligen Düften und mysteriösen Geräuschen. Überall, wo du hintrittst, begegnet dir die Weisheit des Universums.

Wie die jungen Lachse den Fluss ihrer Geburt verlassen und auf eine lange Wanderschaft in die Ozeane aufbrechen, bevor sie ein letztes Mal zurückkehren, habe auch ich mich einst aufgemacht, die Welt zu entdecken. In all den Jahren meines Fortseins wollte ich nichts vergessen. Immer glaubte ich zu wissen, wo der Platz ist, an dem ich zurückkehren werde, auf diesen altehrwürdigen Hof meiner Vorfahren mit seiner wunderbaren Aussicht: Oberrettenbach 33.

Aber man vergisst so viel. Auf jeden Fall habe ich bis heute keine Anzeichen eines Fisches an mir entdeckt. Das ist äußerst erfreulich. Und auch du brauchst nicht schwimmen zu können, um zu mir und den meinen zu finden. Ich zeige dir den Weg. Ich werde dir meine Nachbarn vorstellen und meine Umgebung zeigen. Dann gibt es da noch die Hausnummer: Oberrettenbach 33. Das sollte es dir einfach machen. Wenn nicht, dann frage einfach einen Eingeborenen auf unserem Hügel.

Von Prebensdorf zu unserem Hof sind es ungefähr zwei Kilometer entlang der Straße. Der Großteil des Weges führt durch die Ebene des Tales, nur der letzte Kilometer schlängelt sich hügelaufwärts. Wir, die Bewohner dieses Hügels, wurden von den Leuten unten im Tal „Bergler" genannt. Entlang dieser Straße stehen die Bauernhäuser aufgereiht, wie auf einer Perlenkette. Das war 1960 nicht anders als heute. Damals lebten alle von der Landwirtschaft. Volles Programm in jedem Haus. Die Kühe muhten, die Schweine grunzten, die Hähne krähten und die Hühner gackerten. Morgens und abends lugte Licht aus den schmalen Stallfenstern und jeder am Hügel wusste, wo sein Nachbar um diese Zeit anzutreffen war. Und selbstverständlich glaubten damals alle, dass das immer so bleiben würde. Keiner konnte sich vorstellen, dass das irgendwann anders sein könnte. Erst Johann hat diese Einstellung gründlich verändert. Vom Ertrag seines Hofes nicht mehr leben zu können und irgendwo anders seinen Lebensunterhalt zu verdienen, war anderen lange unvorstellbar. Heute lebt auf unserem Hügel, mit einer einzigen Ausnahme, kein einziger Hof mehr von der Landwirtschaft.

Das erste Haus am Fuß des Hügels ist das Gehöft der Familie Argenbauer. Deren Urgroßvater, der alte Herr Karl Bauer, wanderte wie ein englischer Landlord täglich mit seinem tönernen Mostkrug in der Hand von seinem Hof über den Hügel zu seinem kleinen, abgelegenen Kellerhaus. Bekleidet mit einem weißen Hemd, schwarzen Gellet und einer indigoblauen Schürze, die vorne übergeschlagen war, wie sie alle Bauern der Gegend an Feiertagen trugen. Im Gellet steckte, an einer silbernen Kette hängend, seine Taschenuhr. Außer im Winter ging Herr Karl täglich, bei jedem Wetter, seine Runde. Dann saß er vor seinem Kellerstöckl, trank Most, genoss die Ruhe oder hielt ein Mittagsschläfchen. Am Abend ging er mit leerem Krug wieder seine Tour zurück. Seine Pünktlichkeit und Regelmäßigkeit haben mich als Jugendlicher beeindruckt und mir eine Ahnung davon gegeben, wie Leben gelingen kann. Die Straße, die erst Anfang der 1960er-Jahre gebaut wurde, trägt heute seinen Namen.

Heute wohnt im neu errichteten Haus dessen Ururenkel, der keine Tiere mehr hält und nicht mehr von der Landbewirtschaftung lebt. Die Straße macht hier eine starke Rechtskurve, fast schon eine Haarnadel, und führt dann weiter nach oben zum Knaf-Hof, wo sie mitten durchs Hofgelände verläuft. Bei den Knaf-Hühnern waren die Autos deshalb stets gefürchteter als der Fuchs.

MEKNES. IN DER PHANTASIE eines Menschen wachsen fremde Länder zu Traumgebilden. Ich bin ein gutes Beispiel dafür. Aus unterschiedlichen Quellen würfle ich mir meine Wirklichkeit der Fremde zusammen. Daraus entsteht mein eigenes Bild von einer Stadt oder einem Land, bevor ich es gesehen habe. Auch mit Meknes ergeht es mir so.

Jeder Besuch in der Fremde wird so zum Abgleich des selbst gezimmerten, trügerischen Phantasiebildes mit der vorgefundenen Wirklichkeit. Wie viel ist richtig? Wie viel ist falsch? Das verursacht Aha-Erlebnisse und Enttäuschungen genauso wie die freundliche Gewissheit, alle Abweichungen und Übereinstimmungen vor Ort selbst gecheckt zu haben. Flux, wird das Bild im Kopf da und dort korrigiert und der wahrgenommenen Gegebenheit angepasst. Oder auch nicht. Besonders krass ist das bei mir mit Vietnam und Kambodscha. Im Dschungel dieser

Länder ist mein erstes Unrechtsbewusstsein gewachsen. In meinem Kopf sind Saigon, Hanoi oder das Mekong-Delta immer noch Kriegsschauplätze. Mit Berichten und Meldungen darüber bin ich meine ganze Jugend lang aufgewacht und schlafengegangen. Mein Vorrat an Neugierde dafür ist aufgebraucht.

Zum Glück kennen Gedanken keine Grenzen und keine Grenzkontrollen. Sie wechseln sekundenschnell über tausende Kilometer und sie haben keine Schwierigkeiten mit Kontrasten zwischen Oberrettenbach und Meknes.

Es ist Frühsommer und in den Hügeln des Mittleren Atlas grasen tausende Schafe saftiges Frühjahrsgrün. Meknes, die königliche Stadt, liegt breit in der weiten Ebene. Die Altstadt, Medina, ist laut, eng und voller Gewimmel. Orient pur. Im Bazar ist es erstaunlich sauber, obschon das Leben überzuschwappen scheint. Ich habe alle Hände voll zu tun, um nicht mitgerissen oder fortgespült zu werden. Es mangelt mir an Orientierung in den Medinas des Orients. Aber sie fordern meine Neugier heraus. Welche Buntheit, Schäbigkeit, Vielfalt, Gelassenheit und Lethargie. Wie viele Gerüche? Wie viel Dreck? Wie viel Armut? Wie viele geheimnisvolle Nischen und Winkel? Was für eine Vitalität und Männerdominanz. Wie viele Minarette? Ein orientalisches Märchen. Für einen Europäer nicht einfach begreifbar. Zu viele Welten liegen zwischen Mittelmeer und Mittlerem Atlas. Das gebiert Vielfalt, und wenn du selten zu Hause bist und deine Wurzeln nicht zur Gänze verlieren willst, dann musst du dir in der Fremde die Geschichten deiner Nachbarn erzählen.

DER KNAF-HOF IST UNÜBERSEHBAR. Jeder, der hier die Straße hochkommt, fährt oder geht mitten durch den Hof. Das war schon immer so. Der alte Knaf-Vater saß oft, mit seiner langen Pfeife und seinem aufgezwirbelten Schnur-

bart, heraußen auf seiner Gartenbank und lud die Vorbei-
gehenden zu einem Glas Most und einem Plauscherl. Sein
Sohn Hans war der spätere Teufelskerl des Berges. Der
Hans konnte mauern, zimmern, einen Wagen reparieren,
eine Sau abstechen, singen und lustig sein. Auf ihn war
immer Verlass. Er war ein entschlossener Typ und immer,
wenn andere zögerten, hatte er schon einen Entschluss
und eine mögliche Lösung. Er war, was aber nie ausge-
sprochen wurde, die heimliche Leitfigur des verstreuten
Rudels am Berg. Später, als auch er nicht mehr vom Ertrag
seines Gehöftes allein leben konnte, tingelte er von Haus
zu Haus und schlachtete die Schweine der Bauern, deren
Fleisch sie für den Eigenbedarf brauchten. Bald wurde er
scherzhaft nur noch der „Schweinemörder" genannt. Der
lustige und von allen so geschätzte Hans ist leider früh
verstorben. Sein Sohn Hans lebt heute mit seiner Familie
im neugebauten Haus und werkt während der Woche als
gefragter Unternehmer in Wien. Am Wochenende ist er
begeisterter Landmann, Antreiber, Ideenspender und Ani-
mateur. Er ähnelt seinem Vater sehr.

„Ein verdammter Dschungel ist das!", fluchte Johann.
Er stapfte durch den Wald und markierte mit einem Farb-
spray die Bäume, die er fällen wollte. Der Forstmann muss
weit vorausdenken. Johann war sich dessen bewusst. Er
begutachtete den gesunden Stamm und die Krone des Bau-
mes und entschied, welcher Baum bleiben und alt werden
durfte und welcher weichen musste. Johann fungierte in
der Rolle als Stellvertreter Gottes. Die Dornen schlangen
sich um seine Füße. Er fluchte, bis er stürzte, dann fluchte
er noch inniger. Er war entschlossen, es diesen Dornen zu
zeigen. Im Lagerhaus gab es jede Menge an Pflanzenver-
nichtungsmitteln; genau das brauchten diese verdammten

Dornen. „Round up" hieß seine Drohung. Die Dornen sollten sich besser zurückhalten.

Johann fühlte sich noch stark. Er reparierte die Motorsäge, fällte kleinere Bäume, hackte Holz und pfiff mit den Vögeln ein lustiges Lied. Er mähte Gras, fütterte die Kühe, dengelte die Sense und las abends die Zeitung. Ganz so wie immer. Als ginge das ewig so. Dabei war er nicht mehr der Jüngste.

ABER NICHTS BLEIBT, WIE es ist. Die Schwierigkeit besteht einzig darin, die Kostbarkeit des Augenblicks zu erkennen: das Hier und Jetzt als einmalig und unwiederbringlich zu begreifen. Denn die besonderen, von allen registrierten und oft von Ritualen begleiteten Momente kommen irgendwann von allein. Einerseits wirkt das tröstlich, tatsächlich ist es auch bedrohlich. Es konfrontiert mit der Endlichkeit. Die Augenblicke kommen und vergehen. Nichts hält sie fest. Nichts ist von Dauer.

Irgendwann kommen sie alle, die herbeigesehnten, aber auch die gefürchteten Augenblicke. Plötzlich bist du mit der Schule fertig – und, schwups, hast du eigene Kinder. Auch im schönsten Urlaub kommt der Moment der Abreise. Alles im Leben hat seinen Moment, hat sein „Jetzt ist es soweit!". Das können lang herbeigesehnte oder verdrängte Augenblicke der Entscheidung sein. Sie tauchen auf wie Scheinwerfer im dichten Novembernebel. Plötzlich und unerwartet. So war es auch, als Johann zur Operation ins Krankenhaus kam. „Nur ein Muttermal. Keine große Sache." Er war bald wieder zu Hause. Jetzt wurde möglich, was vorher als Niederlage oder als Aufgeben dahergekommen wäre. Der Betrieb wurde umorganisiert. Das Vieh wurde verkauft und die Grundstücke wurden verpachtet. So formte sich ein Weg für neue Aufgaben für Oberrettenach 33. Nicht als Hort der Arbeit, der Mühen und Sorgen, sondern als zukünftigen Platz für etwas, das wir noch nicht kannten, das wir erst finden mussten.

Aber finde mal etwas, wenn du nicht weißt, wonach du suchst.

FÈS. ICH GENIESSE ES, ein Fremder zu sein und meine Vorstellungen mit der Realität zu vergleichen. Fès ist dafür ein ziemlich guter Platz. Meine Vorstellungen von Fès stammten aus Geschichten wie „Alibaba und die vierzig Räuber" oder den Märchen aus „Tausend und einer Nacht". Aber nichts von dem stimmt mit der Wirklichkeit überein. Einzig der *Suk*, der alte Markt, ist abenteuerlich: die engen Gassen, das düstere Licht, das Gewurl von verhüllten Leibern und die fremden Gerüche und Geräusche.

Die berühmte Karawanenstadt Fès liegt nicht in der Wüste. Das verwirrt mich. Die Häuser der alten und neuen Stadt stehen in einem fruchtbaren, grünen Kessel zwischen dem Rifgebirge im Norden und den Bergen des Mittleren Atlas im Süden. Der Geruch in den Gerbereien der Altstadt ist nur mit Minzeblättern vor der Nase zu ertragen. Hier werden in vielen kleinen runden Steinbecken Häute gegerbt und anschließend gefärbt wie im Mittelalter. Aber nirgendwo ein Kamel oder eine Karawane, wie es sich meine Fantasie erwartete. Kein einziges Kamel. Keine einzige Karawane.

Noch am frühen Vormittag verlasse ich Fès und mache mich auf den langen Weg in die Wüstenstadt Erfoud. Es ist eine Fahrt der Kontraste. Vom fruchtbaren Tal der Stadt Fès über steile Pässe auf Hochalmflächen mit riesigen Schafherden, die sich bald mit Ziegenherden mischen, die den Übergang in die Steinwüste ankündigen. Es wechseln weite Hochebenen mit vereinzelten Berbersiedlungen, mit kurvigen Pässen und wilden Schluchten. Von weiten funkeln die schneebedeckten Gipfel des Hohen Atlas, während der Wind mich mit Staubfahnen eindeckt. Einmal flüchten die Berge, dann wieder zwängen sie mich in einen engen Canyon. Zuerst nichts als Steine, dann Kies und schließlich vom Wind gestylte Sandwüste.

Endlich die ersten ockerfarbigen Häuser von Erfoud. Ich denke an die schattigen Wälder in Oberrettenbach und an den perlenden, kellerfrischen Most bei meinem Freund Karl. Sein Eisäpfel-Most schießt dir schneller ins Blut, als eine Rakete von Cape Canaveral startet.

WENN DU UNSEREN HÜGEL entdecken willst, gehst du vom Knaf-Hof weiter den Hügel aufwärts. Am steilsten Stück der Straße steht das Anwesen der Familie Vogt, mit direktem Blick auf das Haus Oberrettenbach 33. Vieles hat sich im Laufe der Zeit am Hügel geändert, aber der Karl hat seine Welt bewahrt. Sein Haus ist wahrscheinlich das Gebäude, das ich am häufigsten von allen Häusern dieser Welt gesehen habe. Ich habe keine Ahnung, wie oft mir seine Mauern und Dächer täglich in die Augen sprangen, aber ich habe es zu allen Tages- und Nacht-zeiten, zu allen Jahreszeiten und in allen nur denkbaren Gemütsverfassungen und bei allen möglichen Wettersitu-ationen gesehen. Und das Schönste daran, ich habe mich nie satt gesehen, bis heute. Noch immer bin ich neugierig, was sich bei Familie Vogt tut. Zum Großteil lag das an der Person des Karl selbst. Er war ein Original, wie man es heute nicht mehr findet. Durch seine Einfachheit eine Kostbarkeit und eine Bereicherung des Lebens. Nichts hat ihn je von seinem Weg abgebracht, weder Schimpfen noch Lachen, weder Moden noch Trends. Er blieb gelassen und über den Dingen stehend. Für jeden nahm er sich Zeit und gab ihm das Gefühl, für ihn wichtig zu sein. Er war er selbst, der Karl.

In seinem Haus habe ich als Kind noch das Licht aus der Petroleumlampe, deren gespenstisches Flackern und den unverwechselbaren Petroliumgeruch kennen gelernt.

Der Karl und auch schon sein Vater sind nicht auf jede Welle sofort aufgesprungen, auch wenn sie als modern und fortschrittlich etikettiert war. Sie sind bedächtig und ohne Hast zu Werke gegangen. Erst wenn sich etwas bewährte, hat man es sich angeschafft. Das Vogt-Haus war lange Zeit eines der wenigen Häuser, das noch im Original dastand, an dem in den letzten hundert Jahren nicht ständig herumgebastelt wurde und das nicht alle Moden mitgemacht hat – genau wie der Karl selbst. Wie das Haus mit seiner qualitätsvollen Substanz Zeugnis einer fast schon vergessenen Zeit ablegte, wirkte auch der Karl in seinen Gummistiefeln mit der verschwitzten Maurerkappe am Kopf und den langsamen, überlegten Bewegungen wie ein Wesen aus einer anderen Zeit. Ein Überbleibsel alter Bäuerlichkeit leuchtete seine Zufriedenheit und Gelassenheit gerade noch herein in unsere Jahre der Hektik und maßlosen Selbstüberschätzung. Wenn ich könnte, würde ich ihm ein Denkmal bauen. Er hätte es sich verdient. 2006 ist der Karl gestorben. Sein Sohn Karl hat das Haus umgebaut und dem Hof modernes Leben eingehaucht.

DAS MUTTERMAL HAT SICH als Melanom im fortgeschrittenen Stadium entpuppt. Die Ärzte geben Johann keine Chance. Die Befunde sind eindeutig. Aber Johann ist optimistisch. Was ist das überhaupt, ein Melanom? Sollte er jetzt wegen jedem Muttermal zum Arzt laufen? Er fühlte sich gut und alles andere war für ihn künstliche Aufregung. Natürlich würde er zu den vierteljährlichen Untersuchungen kommen. Versprochen. Aber mehr nicht.

ERFOUD. GUT AUSGESCHLAFEN FRÜHSTÜCKE ich am Pool in meinem Hotel in Erfoud und denke trotz Hitze an ein winterliches Erlebnis bei meinem Freund Karl. Ich war ein junger Student, verbrachte damals meine Semesterferien zu Hause und stattete an einem schneereichen Wintertag meinem Nachbar einen Besuch ab.

Ich scheppere gegen die Haustür. Eine Glocke gibt es nicht. Die Hausfrau öffnet die Tür. Ich klopfe mir den Schnee aus der Kleidung und trete in den schmalen, mit Brettern ausgelegten Gang des Vorhauses. Ach, du bist es, begrüßt mich Sophie und ruft nach ihrem Mann. Karl, komm her! Karl, komm her!

Der Hund bellt im Hof und kratzt an der Hoftür. Aus einer Seitentür kommt Karl, schreit ein lautes Servus, haut mir auf die Schulter und gemeinsam gehen wir in die gemütliche Stube.

Hey, ist das gemütlich warm hier. Der kleine Blechofen steht in der Ecke und das lange schwarze Rohr führt über die halbe Länge des Zimmers zum Kamin. Das Rohr ist an seinem Anfang so heiß, dass es rot glüht. So wird hier geheizt. In der Ecke steht ein Eichentisch mit einer einfachen Holzbank auf zwei Seiten. Auf dem Tisch dominiert ein großer gläserner Krug mit Most. In der gegenüberliegenden Ecke steht das große Doppelbett.

Wir setzen uns um den Tisch und von meinem Anorak tropft Schneewasser auf den ausgedörrten Bretterboden. Vor den Fenstern fällt dichter, lautloser Schnee. Die Gemütlichkeit, Geborgenheit und die Echtheit stimmen mich ruhig und gelassen. Ich fühle mich sauwohl. Was sind dagegen schon die vergammelten, geschmacklosen, nachgemachten Bauernstuben der Städter? Sie wollen es wissen? Geldverschwendung, reine Geldverschwendung sind sie, diese herrlich geschmacklosen, unechten Bauernstuben aus den Verkaufshallen der Möbelhäuser.

Der Karl lacht. Nein, er kennt das nicht. Was sollte er in einem Haus voller Möbel? Er war sein Leben lang noch nie in Wien oder in einer anderen großen Stadt gewesen und es geht ihm nicht ab, lacht er. Er hat neue Zähne und er zeigt sie stolz. Der Most macht die Runde und Sophie meint, heute bei dem Sauwetter versäumt man nichts. Die Arbeit läuft nie davon, bis heute ist mir das nie passiert, lacht Karl. Die Arbeit ist immer da, auch wenn ich sie nicht brauche.

Sein widerspenstiges Haar ist kaum grau und hat noch vollen Stirnansatz. Für einen bald Siebzigjährigen ist er noch voll dabei, der Karl. Ja, im Winter haben wir schon Zeit; in der Früh und am Abend sind die Kühe zu füttern und dazwischen ein bisschen Heu zu richten. Der Schnee zwingt einem zum Ofen, lacht er. Schon deswegen ist es gut, wenn es schneit, meint Sophie. Holz für den Ofen haben wir genug. Karl wischt sich mit seinen Fingern das Haar nach hinten.

„Ein guter Winter bringt auch einen guten Sommer", sagt er.

Der Ofen in der Ecke glüht. Alles strahlt eine Behaglichkeit und Gemütlichkeit aus, wie ich sie in dieser Art kaum anderswo erlebt habe. „Das Bauernleben ist hart, aber es hat auch seine guten Seiten", lacht Karl. „Du wärst sicher ein guter Bauer."

Mit seinen Einmetersiebzig ist Karl alles andere als groß und seine langschaftigen Gummistiefel machen ihn optisch noch kleiner, aber seine Augen und sein faltiges Gesicht sind voller Energie. Nein, der Karl braucht keinen Energy-Drink. Im Gegenteil. Seine Energie würde „Red Bull" zu Überschall-Dimensionen verhelfen.

„Das hier ist etwas anderes als die Stadt. Da sagen sich Fuchs und Hase gute Nacht." Sophie und Karl lachen über das ganze Gesicht.

Sophie bringt einen heißen Mosttee und bald glühen unsere Wangen wie der Ofen im Eck. So ist das mit dem einfachen Leben auf dem Land. In der Stadt träumen sie davon, ohne die Gelassenheit und die Bescheidenheit dafür zu haben. Dieses Leben eignet sich nicht für Angebereien. Nichts davon ist „cool". Dazu ist diese Art Leben zu hart und zu einfach. Karl lacht.

„Die Preise für Schweine sind gut", meint er. „Mit Rindviechern wirst du nicht reich. Schau uns an. Mit der Zeit wirst du genügsam wie eine Kuh."

Sophie schaltet das Licht ein. Wir trinken noch eine Runde Mosttee, während draußen die Nacht die Dämmerung frisst. Der Abschied ist kurz und Sophie und Karl versprechen, uns in den nächsten Tagen auf „O 33" zu besuchen.

Es war finstere Nacht, als ich aus dem Haus trat und wieder zurück nach Hause stapfte. Ich spürte, wie der Schnee auf meinem Nylonanorak rauschte und mir diese Finsternis ohne Straßenbeleuchtung auf den Wecker ging. Benebelt vom Most stolperte ich durch wadentiefen Schnee wie durch einen Heimatfilm in Schwarz-Weiß. Was für ein Kontrast zur flimmernden Hitze und wolkenlosen Himmel hier in Erfoud in Marokko.

Seit damals liebe ich die einfachen Menschen und die einfachen Dinge. Sie verkomplizieren nicht und machen sich nicht wichtig. Nur Schnee und Sandstürme können mir gestohlen bleiben, in Oberrettenbach genauso wie in Marokko.

MARRAKESCH. VON ERFOUD REISE ich weiter in den Süden Marokkos. Es scheint, als hätte ich heute keinen guten Tag erwischt. Der Sand knirscht zwischen meinen Zähnen. Ein Sandsturm tobt über die Wüste und macht mich blind. Die Luft ist sandgeschwängert und verdunkelt die Sonne.

Im Dorf (Ksar) Aït Benhaddou parkt der Chauffeur das Auto im Schutz eines Hauses und wir warten ab. Die einzige Palme, die ich sehe, windet sich im Sturm. Das ganze Universum in Rot-Grau-Braun. Ich blicke hinüber zur alten Festung, die verschwommen hinter dem grau-braunen Sandschleier am Berg verschwindet. Endlich, nach einer Stunde, gibt der Sandsturm die Beherrschung des Umlandes auf. Wir starten wieder weiter in Richtung Hoher Atlas. Es ist eine atemberaubende Fahrt über kurvige, steile Straßen mit schroffen Abgründen, tiefen Schluchten und hoch aufragenden Felsmassiven. Der Hohe Atlas macht seinem Namen alle Ehre. Seine Ausläufer ziehen sich bis kurz vor Marrakesch, wo die Berge in eine weite Ebene auslaufen.

Marrakesch ist eine rote Stadt. Schon die ersten Häuser zeigen einen besonderen Ort. Großzügig und weitläufig. Orientalisch und westlich. Das Moderne und Neue geschickt mit der Tradition verknüpft. Eine erfrischende Mischung, weltoffen, traditionell, aufstrebend, modern und selbstbewusst. Eine Perle, die sich ihrer Herkunft und ihrer Zukunft sicher ist. Ich stürze mich am Djemaa el-Fna – dem Platz der Vernichtung, wie der Hauptplatz genannt wird – in das Gewühl von exotischen Leibern, Düften und Lauten.

Die Bauchtänzerinnen, abenteuerlichen Musikanten und Schlangenbeschwörer hätten es in Oberrettenbach schwer. Niemand hätte Zeit, ihnen zu zusehen, dort applaudiert man eher Jägern und Sammlern statt Gauklern und Tänzern.

EXOTISCH IST OBERRETTENBACH NICHT. Es ist ziemlich geradlinig gestrickt. Zwei glatt, zwei verkehrt, nach diesem Muster hat Margarete ihre Pullover gestrickt. Aber es waren die tollsten Pullover, die ich je hatte und heute noch trage. Es gibt eben überall Schönes zu entdecken.

Gleich nach dem Vogt-Gehöft verflacht der Weg und verläuft ab jetzt ziemlich eben. Mit dem Haus Prunner verbindet Oberrettenbach 33 eine lange gemeinsame Geschichte und Nachbarschaft. Wenn die Geschichte stimmt, teilten sich im 19. Jahrhundert zwei Brüder das Gut „O 33" und bastelten daraus zwei Höfe. Für lange Zeit trugen die Familien in beiden Häusern dieselben Familiennamen.

In den 1960er-Jahren hatte hier der „Jager Hans", wie er von allen genannt wurde, der aber in Wirklichkeit Prunner hieß, eingeheiratet. Auch einer, der sich ob seiner Originalität ein Denkmal verdient hätte; begeisterter Jäger, Tischler und Bauer in einem. Genau in dieser Reihenfolge. Ein Tausendsassa, dessen handwerkliche Qualitäten von allen geschätzt wurden und der für alles eine Lösung wusste. Er schwitzte auf Dachstühlen, zimmerte Tische, schnitt Bäume zu Brettern, schlachtete Schweine, mauerte und betonierte und freute sich über jede Kartenpartie in einem Buschenschank oder Gasthaus der Umgebung. Die Zufriedenheit blieb immer in Griffweite. Seine Bedächtigkeit und Gelassenheit erinnerten mich oft an Anton, der sein leiblicher Onkel gewesen war. Sie hatten viel gemeinsam. Wie alle hier schuftete auch der „Jager Hans" jeden Tag im Stall, mähte Gras, drosch Getreide und hoffte so lange auf eine gute Zukunft, bis auch er und sein Sohn Hans die Landwirtschaft einschränkten und die Flächen verpachteten.

Ein Großteil dieser Kerle auf unserem Berg hätte sich ein Denkmal verdient, schon deswegen, weil diese Art von Menschen in den himmlischen Labors heute nicht mehr hergestellt werden. Das waren alles echte Originalausgaben. Und mit solchen Originalen sollte man besonders wertschätzend umgehen.

Überall in den großen Städten der Welt gibt es Museen und eine „Hall of Fame" (Halle der Berühmtheiten), gibt es Denkmäler von Künstlern und Herrschern, aber nirgendwo eines von den Beherrschten. Auch auf unserem Hügel nicht. Dabei hat auch unser Hügel viel zu erzählen von Persönlichkeiten, die diesen Landstrich Leben und Bedeutung gaben. Sie alle verschwanden namenlos ohne kollektive Erinnerung, weil Denkmäler immer nur Sieger und Herrscher zeigen. Welch ein Fehler. Auch die Namenlosen auf den Hügeln, Tälern und Bergen haben Gesichter und Geschichten. Unser Berg wäre ein guter Platz für einen „Hill of Fame", einem „Hügel der Persönlichkeiten".

DIE NACHUNTERSUCHUNG IM KRANKENHAUS bescheinigt Johann, dass wieder alles in Ordnung sei. Für Margarete ist die Welt wieder im Lot. Johann ist wieder ganz der Alte. Obschon weit über achtzig, werkt er unermüdlich. Er richtet das Holz für den Winter und sieht im Wald nach dem Rechten. Einmal in der Woche fährt er mit seinem roten VW Polo Variant zusammen mit Margarete in die Stadt zum Einkauf. Das ist Fixprogramm. Während Margarete ihre Kundschaften abklappert und die überschüssigen Eier in der Stadt verkauft, tingelt Johann durch das Einkaufszentrum und sieht sich nach den Sonderangeboten um. Meist am Samstag fahren wir alle gemeinsam zu einer der Buschenschänken der Umgebung. Wir bestellen Bretteljausen mit Geselchtem, Käferbohnen mit Kernöl und trinken dazu den jungen Wein des Jahres.

MARRAKESCH II. AM *DJEMAA el-Fna*, dem sagenumwobenen Hauptplatz von Marrakesch, ist schon am Vormittag der Teufel los. Wogende Leiber, hupende Mopeds, fluchende Autofahrer, Schlangenbeschwörer, Tänzer, Taschendiebe, Geschichtenerzähler, Gaukler und tausende Touristen. Alles fein durchmischt und von der Sonne gebraten. Wir sitzen in einem der Cafés, die den Platz umsäumen, auf der Terrasse, trinken Tee und versuchen die Klänge der Musik aus dem Chaos von Tönen herauszufiltern, um auch auf diese Art und Weise etwas von dieser Stadt mitzunehmen. Das süße, heiße Wasser mit der grünen frischen Minze schmeckt gut. Obschon ich kein Teetrinker bin, mag ich diese Sorte von Tee. Alle trinken es hier. Über der Terrasse schwebt der Duft einer Minzenplantage. Unten am *Djemaa el-Fna* wird das Gewimmel immer bedrängender. Erst die heißer werdende Sonne trennt die Spreu vom Weizen. Die vorerst dominanten Turbane werden mit zunehmender Hitze weniger, während gleichzeitig die herumirrenden, mit Schirmmützen bedeckten Köpfe der Touristen mehr werden. Mit der Abendbrise wird sich das wieder verkehren, es werden die Turbanträger wieder zurücksein und die Kappenträger in ihren Hotels hocken.

Nachdem wir über eine Stunde gewartet haben, holt uns der zugesagte Stadtführer ab. Sofort steuert er mit uns in die schattigen, engen Gässchen der Altstadt und zeigt uns die alten Paläste, Haremsgärten und Koranschulen. Eine besondere Art von orientalischem Geschichtsunterricht, bevor es am Nachmittag bei sengender Hitze hinausgeht zu den Steinmetzbetrieben in der Umgebung von Marrakesch.

Das Ende meines selbstgewickelten Turbans flattert im Wind und ich fühle mich ein bisschen wie ein Beduine, dem der Wind und die Weite Heimat sind – zumal ich viele Gemeinsamkeiten zwischen Antons Welt und der der Beduinen und Berber entdecken kann. Wie Anton leben auch sie bescheiden und karg von dem, was Land und Boden hergeben, leben nach ihren ungeschriebenen Regeln und Ritualen. Turban und weißer Kaftan statt Trachtenhut und blauer Schürze. Anton wäre einer von ihnen gewesen, ohne aufzufallen. Der Unterschied zwischen Oberrettenbach und dem Hohen Atlas ist kleiner als manchem lieb ist.

IN UNMITTELBARER NACHBARSCHAFT ZUM Prunner Hof, etwas abseits der Straße, steht das Haus „O 33". Wanderst du aber zweihundert Meter die flache Straße geradeaus nach oben, erreichst du das Haus Patritz der Familie Grasser. Der alte Hausname stammt von einem der Vorfahren mit dem Vornamen Patritz. Patritz oder Patritzius sind vom hl. Patrick abgeleitete Vornamen. Einst hatte das Haus einen gelblichen, ins Ocker gehenden Anstrich und eine große Eingangsveranda mit einem mächtigen Rosskastanienbaum davor. An manchen Abenden und Sonntagnachmittagen durchdrangen von hier aus Harmonikaklänge die einschläfernde Ruhe. Der Patritz war so etwas wie der In-Treffpunkt des Berges. Bei selbstgegorenem Most wurde gesungen, gelacht und musiziert.

An einen Abend erinnere ich mich als Kind noch ganz besonders. In der großen Stube hatte der Patritz, aus ungehobelten Brettern, eine Art Bühne aufgebaut, auf der ein Zauberer agierte. Der Zauberer zauberte Zigaretten aus den Wänden der Stube, bis alles voller weißer Zigaretten war. Dieses Bild hat sich tief in meiner Erinnerung verankert und war womöglich daran mitbeteiligt, dass ich später als Erwachsener begeistert rauchte. Dieser Abend, von dem ich sonst nicht mehr viel weiß, liegt jetzt viele Jahrzehnte zurück und doch sind die Bilder mit den weißen Zigaretten so frisch, als wäre es gestern gewesen. Der alte Patritz und seine Frau sind längst verstorben. Dessen Sohn Franz bewirtschaftete das Land so lange, bis auch ihn die wirtschaftlichen Umstände zwangen, eine Arbeit außerhalb der Landwirtschaft anzunehmen. Aber der Franz behielt seinen Humor und an besonders schönen Sonntagnachmittagen holte er seine Ziehharmonika und spielte auf der Veranda die Lieder seiner Jugend. Die Melodie umhüllte den Hügel und stimmte alle fröhlich. Heute wohnt dessen Sohn Winfried im neu umgebauten Haus. Die Grundstücke sind verpachtet und Winfried verdient seine Euros in der Stadt. Die Veranda und die alten Lieder sind verschwunden, aber das renovierte Kühlhaus steht noch.

IN DEN 1960ER JAHREN taten sich die „Bergler" zusammen und bauten ein Gemeinschaftskühlhaus. Das Grundstück für das Kühlhaus gab der Patritz und alle halfen beim Bau mit; Ruckzuck stand das neue Kühlhaus. Damit war ein neuer Ort der Begegnung geschaffen worden.

Jeder, der bezahlte und mitarbeitete, hatte ein Anrecht auf den gemeinsamen großen Kühl- und Bearbeitungsraum und ein eigenes Kühlfach. In einer Zeit, als eine eigene Kühltruhe für viele noch unleistbar war, ein echter Fortschritt. Wochentags kamen die Leute, wenn sie geschlachtet hatten, um ihr Fleisch zu verarbeiten, und samstags erschienen sie, um die besten Stücke für den Sonntagsbraten zu holen. Dabei blieb immer Zeit für ein Gespräch, ein Besuch beim Nachbarn oder für kleinen Tratsch über die neuesten Ereignisse aus der Gegend.

Hier konnte man sie alle treffen, die großen und kleinen Originale der Umgebung. Auch die Frau Tuider. Sie war eine ältere, großgewachsene, streitbare Dame, die weiter unten am Hügel wohnte. Sie hatte ein schweres Leben. Die kleine Landwirtschaft warf kaum etwas ab und diente der Selbstversorgung. In einer Zeit, in der es für Bauern noch keine Rente gab, war das ein schweres Los. Trotzdem hatte die Tuiderin, wie sie von allen genannt wurde, Humor und ein gutes Mundwerk. Sie konnte schimpfen und fluchen, dass Männer dabei rot wurden. Deshalb trieben manche mit ihr Späße, erzählten ihr erfundene Geschichten, die sie dann ihrerseits gern als Neuheit an andere weitererzählte. Wenn ihr Gegenüber sie auslachte und sie dann merkte, dass sie einer Lügengeschichte auf den Leim gegangen war, schimpfte und fluchte sie über den Lügner und alle hatten ihren Spaß dabei.

An einem heißen und schwülen Augustsamstag ging die Tuiderin mit einer Tasche den Hügel hoch zum Kühlhaus. Just in dem Augenblick verließ Engelbert das Kühlhaus. Als er die Tuiderin den Weg hochkommen sah, huschte er noch einmal ins Kühlhaus zurück, wickelte einen großen Knochen aus seiner Folie, warf ihn samt Plastik auf den Boden, schlüpfte rasch durch die Tür und versteckte sich auf der Hinterseite des Hauses. Bald entdeckte ihn sein Freund Karli, ein in der ganzen Gegend als bescheiden und zurückhaltend bekannter Mann. Beide lugten durch die geschlossenen Fensterläden in das Innere des Raumes mit dem am Boden liegenden Knochen und den hingeworfenen, blutigen Nylonsäcken.

Die Tuiderin betrat das Kühlhaus , schloss die Tür und blieb wie angewurzelt stehen, dann schrie sie und schimpfte über diese verdammten Säue und Saumägen. Der kahle Vorraum hallerte und wirkte wie ein Verstärker ihres Gezeters. In diesem Moment zog Engelbert einen Schweizerkracher aus der Hosentasche, zündete ihn an und warf ihn durch das danebenliegende offene Fenster. Es krachte, dass die Scheiben klirrten, und die Tür zitterte, als sei das ganze Kühlhaus explodiert. Dünner, blauer Rauch kroch aus dem offenstehenden Fenster.

Nach einer Schreckminute plärrte die Frau los und schrie: „Mörder, Verbrecher, Polizei!" Bald weinte sie, dann folgten wieder ordinäre Flüche und hysterische Beschimpfungen. Engelbert sagte daraufhin zum Karli: „Du, schau einmal beim Fenster hinein, ob sie sich verletzt hat." Gutmütig schritt Karli zum Fenster und sah lächelnd hinein. Mehr hat es für die Tuiderin nicht gebraucht.

„Ah, du bist das gewesen. Dich kenn ich, du hunds-
gemeiner Dreckskerl, Krippel elendiger, die Teufel solln
dich holen. Auf der Stelle gehst mit zur Polizei!", keifte
sie und rannte zur Tür. Der Karli war weg wie der Blitz.
Die Tuiderin tobte hysterisch und schrie ihm alle Verwün-
schungen dieser Welt nach. Nebenan im Wald, hinter einer
dicken Eiche, stand Engelbert und hielt sich den Bauch
vor Lachen.

Auch das Derbe und das heimliche Lachen auf Kosten
anderer sind den Oberrettenbachern nicht fremd. Das
Land kann auch grob sein, traditionsverpflichtet, schein-
heilig, vorverurteilend, geistig und kulturell verstaubt.
Nicht, dass es das in der Stadt nicht auch gäbe, aber am
Land ist es direkter, verfolgender und verletzender.

Heute ist das Kühlhaus zu einer Garage umgebaut.
Winfried hat es nett renoviert und niemand ahnt mehr,
dass das einst ein Kühlhaus, ein Ort der Begegnung war.

Aber Winfried hat einen Traum. „Wenn ich in Pension
bin, wandere ich in den Süden aus", sagt er.

Wieder einer weniger am Berg.

TEICHALM. STATT IN DEN Süden wandere ich auf die Alm.
Ein ziemlicher Kontrast zu Marrakesch. Muuuh, muuh,
muuuh. Ich kenne diese Sprache. Das ist lupenreines Kuhisch. Aber ich sehe keine Kühe. Hohe Fichtenbäume ver-
stellen mir die Sicht. Muuuh, muuuh … Es klingt irgendwie aufgeregt, hilfesuchend. Wer ruft hier wen? Gilt das
langgezogene Muuuh der Sennerin, dem verlorenen Kalb
oder gar dem Stier für ein Schäferstündchen?

Nach 200 Metern öffnet sich der Blick auf eine breite
Almwiese. Nicht weit von mir stehen unter einer Lärchen-
gruppe, nahe am Bach, drei Kühe und muhen Richtung
Bergkamm. Oben am Berg sieht man braune, weiße und
gescheckte Punkte Richtung Hütte ziehen. Da hat wohl

wer den Anschluss verpasst. Vielleicht zu viel getratscht, zu gierig gefressen oder zu lange am Bach gesoffen.

Ich krame in meinem Kuhalphabet und muhe. Muuuuh. Drei Köpfe richten sich wie auf ein militärisches Kommando nach mir. Sechs Augen starren mich zuerst überrascht, dann gelangweilt an. Wieder so ein Wanderer, der seine Zeit totschlägt, werden sie wohl denken. Hat der nichts anderes zu tun, als in unserem Futter herumzustampfen?

Bevor ich auf Kuhisch antworte und mich auf lange Diskussionen einlasse, will ich ihnen lieber den Weg zu ihrer verlorenen Gruppe weisen. Ich packe meine Windjacke aus dem Rucksack und mache mit lautem Geschrei die Superfledermaus. Die Jacke flattert waagrecht im Wind und die Kühe donnern mit aufgedrehten Schweifen Richtung Hang. Dann bleiben sie plötzlich stehen, drehen ihre Köpfe zu mir und muhen. Muh. Kurz und kräftig. Was heißt das jetzt? Lass uns in Ruh? Scher dich zum Teufel? Oder aber, das traust du dich nicht noch einmal?

Mein Kuhisch ist ziemlich ausgedünnt. Zu lange habe ich es vernachlässigt. Mit den Kühen auf unserem Hof meiner Kindheit konnte ich noch sprechen. Fließend. Sie haben alles erzählt. Und erst die Ochsen mit ihrer tiefen Stimme, die kannten Geschichten von Fuhrwerkern, von Altbauern und Mägden. Aber jetzt ist mein Kuhlatein ziemlich am Ende. So bleibt mir nichts, als der Gruppe zu folgen und wieder mit Gebrüll den „Superman" für Kühe zu spielen. So treiben wir das noch fünf Mal, bis auf die Mitte des Hanges. Jetzt wird auch die große Herde oben am Kamm auf den Krawall da unten aufmerksam und trottet talwärts. Die braunen und weißen Punkte werden größer. Die Herde hat sich wieder. Mein Job ist getan. Die Artgenossen haben Blickkontakt aufgenommen.

Mir tropft Schweiß von der Stirn. Das gehört zum Bauernleben. Ich weiß das. Wie sagte Anton immer: Eine Kuh macht Muh, viele Kühe machen Mühe. Andererseits: Was gibt es schöneres als in der Wiese zu liegen und den Kühen beim Grasen zu zusehen? Ich bin mit Kühen aufgewachsen. Diese Augen. Dieses lässige Kauen ohne Kaugummi. Diese Gelassenheit. Da wird allein das Zuschauen zur Therapie für Gestresste.

IMMER WENN ICH KÜHE rieche, bekomme ich Heimweh nach meinem Bauernhof in Oberrettenbach 33. Die Grundstücke sind verpachtet. Aber irgendwann werde ich wieder zurücksein, mit Tieren leben und mit ihnen in ihrer Sprache reden. Zumindest denke ich mir das jetzt auf der Alm, mitten unter Kühen.

Mein besonderes Verhältnis zu Tieren und insbesondere zu Rindern rührt aus meinen Kindertagen. Gewiss, Aberglaube ist nicht nur eine ländliche Eigenschaft, aber am Land gedeihen Geschichten besonders gut, die das Mystische nähren. Eine davon ist die Erzählung von den Haustieren, die am Heiligen Abend zu Mitternacht mit menschlicher Sprache sprechen und die Zukunft voraussagen können.

In den langen Abenden der Vorweihnachtszeit wurden auch auf „O 33" von Hedwig gern Geschichten von der wilden Jagd, der Trudt und den Krampussen aus der Stubenbergklamm erzählt. Diese Begegnungen mit dem Unheimlichen, Unerklärbaren machten uns ängstlich, noch mehr aber neugierig. Wir Kinder spitzten in der dunklen Stube die Ohren, und es war mucksmäuschenstill, wenn Hedwig von den Kühen in der Christnacht zu flüstern begann. Nur Anton schmunzelte so, als wüsste er mehr.

Auf einem Hof im Oberland, erzählte Hedwig, wollte ein Bauer nicht glauben, dass seine Tiere im Stall am Heiligen Abend um Mitternacht sprechen können.

„Ach, hört doch auf damit. Das ist nur Aberglaube", schimpfte der Bauer. „Wer hat je Tiere sprechen gehört? Wenn Kühe und Ochsen tatsächlich sprechen könnten, würden doch alle Menschen in der Christnacht in den Stall gehen, um zu erfahren, was die Zukunft bringt."

Aber das darf man nicht, flüsterte Hedwig. Das ist das Geheimnis der Tiere im Stall. Wer sie belauscht, muss das mit seinem Leben bezahlen. Trotzdem wollte es der Bauer mit seinen eigenen Ohren hören und beschloss, zu Weihnachten die Tiere zu belauschen.

Am Heiligen Abend trug der Bauer besonders viel Stroh in den Stall und richtete sich in einer Ecke ein Lager für die Nacht. Draußen fegte der Sturm ums Haus, alles fror; nur im Stall war es warm und angenehm. Die Kühe und Ochsen lagen im Stroh und kauten wieder. Auch der Bauer war eingenickt und fuhr erschrocken hoch, als sich die Tiere Punkt Mitternacht erhoben und zu sprechen begannen.

Die gescheckte Altkuh beklagte sich, dass man ihr ihr Kalb zu früh weggenommen und verkauft habe. Die Ochsen schimpften über die Knechte, die sie mit der Peitsche schlugen. Das Pferd wieherte, dass die Bäuerin im nächsten Jahr einen Sohn gebären würde, dessen Vater aber nicht der Bauer sei.

Als der Bauer das hörte, ballte er die Fäuste und hätte fast aufgeschrien. Aber er wagte sich nicht zu rühren und lauschte weiter, als der Leitochse mit tiefer Stimme wehklagte: Das Jahr beginnt traurig. Schon am zweiten Tag des Jahres werde ich den Wagen mit dem Sarg des Bauern zum Friedhof ziehen. Schade um ihn, er war kein schlechter Kerl.

Als der Bauer das hörte, sprang er auf und rannte aus dem Stall. Atemlos erzählte er seiner Frau, was er belauscht hatte. Aufgeregt keuchend, setzte er sich zum weihnachtlich geschmückten Tisch, kostete von den Keksen und fiel tot vom Sessel.

Seit diesem Vorfall hat nie wieder jemand versucht, die Tiere am Heiligen Abend zu belauschen; die Tiere wollen, dass das ihr Geheimnis bleibt. So wie ihr wollen auch die Tiere nicht belauscht werden, sagte Hedwig und schaltete wieder das Licht ein.

Durch diese Geschichten haben die Tiere menschliche Züge bekommen und sind meine Freunde geworden, mit denen ich ein Geheimnis teilte.

Als Kind hat mich das schwer beeindruckt, und ich habe unsere Ochsen und Kühe immer mit Respekt behandelt. Schließlich wollte ich, dass die Tiere zu Weihnachten gut über mich reden.

JOHANN SCHLEPPTE EINEN GROSSEN Eimer voll Scheiterholz über den Hof. Erschöpft lehnte er sich mit der Schulter an die Mauer des alten Schweinestalls. „Ich werde alt", sagte er, „ich habe keine Kraft mehr." Es war das erste Mal, dass ich ihn schwach erlebte und das erste Mal, dass er es selbst aussprach. Er war noch immer überzeugt, bald wieder völlig gesund zu sein. Aber vielleicht täuschte ich mich auch und es war eher das verzweifelte Klammern an die Hoffnung, gesund zu sein, als die Überzeugung, die alten Kräfte wieder zurückzugewinnen. Er ließ nicht zu, dass es ist, wie es war, sondern betrieb mentale Kraftmeierei. „Seht her, ich bin ein gesunder Riese", obschon alle um die tödliche Krankheit des Zwerges wussten.

Die Fügung ins eigene Schicksal kam dann im Wonnemonat Mai in den Wochen um Muttertag. Johann saß in dieser Zeit oft draußen oder ging langsam durch die blühenden Fluren und bestaunte die weißen Blüten der Hirschbirnbäume, die zart rosa Blütenblätter der Kronprinzapfelbäume, die Pracht der Ziersträucher und der ersten Wiesenblumen. Er sprach wenig und ging allein, als wollte er alles noch ein letztes Mal genießen. Bis er dann an einem dieser Maitage Margarete einen Strauß aus Blumen und Blüten brachte und ihr sagte: „Heuer kann ich sie dir noch selber bringen, nächstes Jahr bin ich dann schon da oben." Dabei zeigte er mit der linken Hand Richtung Himmel.

So wollte er wohl andeuten, dass er alles über seinen Zustand wusste, obschon er sonst nie auch nur eine Silbe darüber verlor. Er wehklagte nie. Er haderte nicht. Es war das einzige Mal, dass er über das Sterben sprach. Wie seine Kriegserlebnisse und Traumata hielt er auch diese Gefühlskammer verschlossen. Nicht, weil er nichts erzählen oder davon preisgeben wollte, sondern weil ihm die Worte dafür fehlten, um das, was er empfand, ausdrücken zu können. Johann war kein Wortejongleur und kein Dompteur der Sprache. So schwieg er lieber.

TEL AVIV. ES WAR nur ein kurzer Zwischenstopp zwischen Marokko und Israel in Oberrettenbach 33, gerade lang genug, um mir die Dinge wieder in Erinnerung zu rufen und kurz auszuspannen; um mit Chris das Gras rund um das Haus zu mähen und zusammen mit Johann und Margarete auf der Terrasse vor dem Haus zu Mittag und zu Abend zu essen und Ruhe zu tanken. Jetzt am Flughafen von Tel Aviv ist wieder alles anders.

In den Bergen von Judäa weht ein kräftiger Wind. Die Fahrt nach der stickigen Prozedur am Flughafen in der vormittäglichen Frische von Tel Aviv hier herauf in die Hügel von Judäa genieße ich. Immer wieder ist während der Fahrt von den unterschiedlichen Stellen des Hügels aus unten das in der Sonne glitzernde Meer zu sehen und kurz denke ich, was wäre Oberrettenbach 33, wenn es in Oberrettenbach ein Meer gäbe? Vielleicht ein Restaurant für abendliche Candlelight-Dinner? Ein Bootsfriedhof für aufgelassene Fischereikähne oder eine Walfangstation für gestrandete Meeressäuger?

Um Oberrettenbach aber nicht den Entdeckern preiszugeben, plädiere ich für eine U-Boot-Station.

ZUSAMMEN MIT WALTER, EINEM Schweizer Kollegen, bin ich eingeladen, mich über die Leistungsfähigkeit der israelischen Landwirtschaft zu informieren und am internationalen Bewässerungskongress teilzunehmen. Israels Landwirtschaft ist höchst effizient und zählt zu den innovativsten der Welt. Hier wird nichts vergeudet, weder Wasser noch Abfälle. Orangenschalen werden genauso wie Hühnerfedern vermahlen und verfüttert. Tröpfchenbewässerung und moderne Beregnungstechnik haben von hier aus ihren globalen Siegeszug angetreten.

Das Kibbuzgästehaus ist eng an die steile Flanke des Hügels geschmiegt und hat eine schöne Terrasse mit einer guten Aussicht. Nach dem Mittagessen gibt es noch immer kein Programm und mein Schweizer Freund und ich verziehen uns in einer windgeschützten Ecke des Parks in die Liegestühle.

Gegen 16 Uhr wälzt sich der Konvoi des israelischen Landwirtschaftsministers den Berg hoch. Kurz darauf findet die offizielle Eröffnung des internationalen Irrigation-Kongresses statt: knappe Darstellung der Leistungen und Innovationen Israels im Bereich landwirtschaftlicher Bewässerung, vermischt mit politischen Statements. Noch müde von der Anreise, organisieren Walter und ich uns, bevor wir endgültig einschlafen, ein Taxi und fahren hinunter nach Tel Aviv und hinaus aufs glänzende Meer. Die letzten Sonnenstrahlen des Tages tun uns gut und das salzige Wasser belebt uns und macht uns wieder frisch. Bei

Einbruch der Dunkelheit und rechtzeitig zur Eröffnung des Buffets sind wir wieder zurück.

AM HÖCHSTEN PUNKT UNSERES Hügels, dort wo sich die Straße aus Prebensdorf mit der Straße aus Pischelsdorf kreuzt, liegt das Anwesen von Dolf. Er war über viele Jahrzehnte der einzige Trafikant im weiten Umkreis gewesen. Es ist ein einfaches Bauernhaus mit viel Charme und Charakter. Oft bin ich als Kind in diesem Haus mit seinem kleinen Tabakschrank im Hinterzimmer gestanden, um für Anton den billigen, grobborstigen Landtabak zu kaufen. Ich wurde immer freundlich bedient und ich bin jedes Mal gern die kurze Strecke durch den Wald gelaufen, um den eigentümlich fremden Geruch des Tabaks im Haus zu riechen. Auf dem Nachhauseweg durch das hohe Gras und den Wald roch ich abwechselnd aus der braunen Packung den scharfen Tabak und das würzige Harz des Waldes.

So um die 1980 Jahre entschloss sich die Familie, aus ihrem Hof ein Gasthaus zu machen. Sie bauten einen Teil des Hauses um und bald darauf eröffneten sie ihr einfaches Landgasthaus. Es war eine echte Bereicherung in der Gegend. Das erste Gasthaus am Berg. Der Großteil der Gäste kam aus der näheren Umgebung und an so manchen Tagen und noch mehr Nächten ging es hoch her. Die Bierkrüge und Weingläser kreisten und aus rauen Kehlen klangen sentimentale Lieder. Leider dauerte dieses Glück nur wenige Jahre. Dolf wurde krank und nach seinem Tod schloss die Gastwirtschaft und die Tabaktrafik. Einige Jahre wohnte die Familie noch im Haus, dann verkauften sie es an Fremde aus der Stadt.

Jedes Mal, wenn ich heute an diesem Haus vorbeifahre, erinnert es mich in seiner Einfachheit und Schlichtheit, mit seinem schmalen Hausstock und dem tief heruntergezogenen Ziegeldach, an ein einfaches irisches Landhaus. Die Welt ist zwar groß, aber in den einfachen, existenziellen Elementen des Lebens sind sich die Menschen überall auf der Welt sehr ähnlich. In Fragen der Daseinssicherung geht es immer um Schlichtheit und Funktionalität, nie um Prunk, egal ob es sich um ein einfaches Bauerhaus in Mitteleuropa, ein schlichtes Landhaus in Irland oder ein einfaches Beduinenzelt in der Wüste von Judäa handelt. Die Einfachheit ist reizvoll wie die Nacktheit. Das wusste schon der Philosoph Seneca, als er in einem seiner Briefe schrieb: „Nie ist zu wenig, was genügt."

SEE GENEZARETH – JERICHO. Israel ist ein Hort der Wunder und Wundertäter. Holy Land. Besonders hier oben in Galiläa begegnen mir viele historische Orte, Namen und Geschichten aus der Bibel, wie jene vom See Genezareth oder jene von der wundersamen Brotvermehrung. An diesen Plätzen zu stehen, ihre zweitausendjährige Geschichte zu atmen und auch das zu sehen, was Jesus, Maria und Josef in der gleichen Weise gesehen haben, gibt ein Gefühl der Privilegiertheit.

Wir frühstücken zusammen im Kibbuz besuchen dann die Stadt Tiberias, und später versuche ich mich am See Genezareth als Wassergeher, was misslingt.

Gestandene Oberrettenbacher hätten für einen, der über das Wasser geht, nur ein mitleidiges Kopfschütteln übrig: „Seht nur, nicht einmal schwimmen kann der Kerl", würden sie urteilen. Deshalb bin ich nicht enttäuscht, es nicht geschafft zu haben.

Zu Mittag gönnen wir uns in einem Restaurant direkt am See einen Petrusfisch und dazu einen vorzüglichen trockenen Sauvignon Blanc. Entlang des Sees gibt es viele wunderbare Orte, die zum Verweilen einladen, und ich bedaure, nicht genügend Zeit zu haben. Wir fahren das fruchtbare, bewässerte Jordantal entlang weiter nach Süden, wo der Jordan zum dünnen Rinnsal verkommt und wieder die Gesetze der Wüste das Kommando übernehmen. Am späten Nachmittag stoppen wir in der ältesten Stadt der Welt, Jericho. Jericho ist seit sechstausend Jahren bewohnt und fest mit der Wüste verwurzelt. Die alten Mauern von Jericho erzählen die spannenden Geschichten des Alten und Neuen Testamentes wie jene von der Versuchung Jesu durch den Teufel. Trotz des beginnenden Abends ist es heiß, am Markt wimmelt es von Menschen und die Verkaufsstände sind voll herrlich frischer Südfrüchte und gekühltem Wasser.

Auf der Rückfahrt nach Jerusalem durch eine karge Steinwüste mit vereinzelt zu sehenden Beduinenzelten denke ich an den Kerl, der sagte, alle sprechen nur vom Wunder Jesu, der Wasser in Wein verwandelt habe, keiner aber vom Wunder unseres Körpers, der Wein wieder zu Wasser verwandelt. Aber jetzt gibt es keinen Zwischenstopp, obschon mein Körper den mittäglichen Weißwein in Wasser verwandelt hat. Ich verkneife es mir und sehne mich nach der Freiheit von Oberrettenbach, dieses Wunder fast überall und jederzeit auch sichtbar machen zu können.

OBEN, AM HÜGELKAMM, TEILT sich unsere Straße. Früher, als unsere Kinder, Katrin und Klemens, noch klein waren, haben wir manchmal an Sommersonntagen mit dem Rad diese Straße abgeradelt, weil es das einzige längere, ebene Wegstück am Hügel ist. Links geht es zu den Gehöften der Familien von Hans, Gerald, Engelbert, Werner, Günther und Franz. Hier wachsen die besten Äpfel der Gegend und hier brennen sie die feinsten Schnäpse, die im ganzen Land nachgefragt sind; alles wunderbare Höfe und jeder ein Spezialist in seinem Metier. Von jeder Familie kannte ich die Väter und Mütter und kenne deren Söhne und Töchter, die diese Liegenschaften weiterführen werden.

Ähnliches gilt, wenn du die Straße rechts nimmst. Auf diesem Weg grüßen die Anwesen von Ferdl, Fritz, Elli, Rudi, Friedrich und Edi. Es sind kleine Gehöfte, aber bis vor zwei Generationen haben ihre Familien noch alle von deren Ertrag gelebt. Jetzt verändert sich das Gesicht des Hügels. Alte Anwesen verfallen oder werden umgebaut und dazwischen entstehen wieder neue Häuser von Söhnen und Töchtern aus der Umgebung oder von neu Zugereisten, die erst Wurzeln schlagen müssen.

Jedes Haus hat seine eigene, oft jahrhundertelange Geschichte und seine eigene Geschicklichkeit, die Jahrhunderte zu überdauern.

Es gäbe viel zu erzählen von der Hilfsbereitschaft des Fritz, von der Jagdleidenschaft des Friedrich sen., von der Sonderbarkeit der alten Frau Kugler, vom handwerklichen Geschick Ferdinands. Sie alle haben diesen Hügel in ihrer Zeit geprägt und das Geschaffene weitergegeben – und jetzt ist die nächste Generation an der Reihe, an die übernächste Generation weiterzugeben.

Unser kleiner Berg nimmt es gelassen. Er hat Hunnen gesehen, Römer, Türken und Russen. Krieg und Frieden. Auf Wälder folgten Äcker und Äcker wurden wieder zu Wäldern. Unser Hügel mit seiner schmalen Straße, von unten vom Tal bis hinauf zum Kamm, hat alles ertragen und überstanden. Das ist tröstlich, gibt Zukünftigen Mut und ist gleichzeitig eine Warnung an alle Römer und Hunnen: Oberrettenbach überlebt euch alle!

TOTES MEER – EN Gedi. Es ist ein herrlich schöner, wolkenloser Morgen in Jerusalem. Das Frühstück ist gut und ausgiebig; Walter und ich sind bester Stimmung und freuen uns auf das Salz des Toten Meeres. Mit gut 430 Metern unter dem Meeresspiegel ist das Tote Meer der tiefste Punkt des Planeten. Jerusalem liegt 850 Meter über dem Meer und so müssen wir heute zwei Mal, bei der Hin- und Rückfahrt, einen mit freiem Auge nicht für möglich gehaltenen Höhenunterschied von 1280 Metern ausbalancieren.

Je weiter wir mit unserem kleinen Bus nach Judäa hinunterkommen, desto wärmer und steiniger wird das Land. Die Straße schlängelt sich durch Geröll und Steinschluchten hinaus in die Ebene des Toten Meeres. Die Höhlen von Kumeran sind in den steilen Felswänden über dem Toten Meer verborgen. Historiker haben hier die frühesten Zeugnisse der Menschheitsgeschichte gefunden. Hier, so vermuten viele, könnte das Abenteuer „Mensch, mache dir die Erde Untertan" begonnen haben.

Der Kibbuz En Gedi (Quelle des Zickleins) liegt nicht weit davon als Oase auf einem Plateau über dem Meer; man hat von hier einen guten Blick über die Wüste und das Tote Meer, das an seinen Rändern sichtbar austrocknet. Alles blüht und duftet und am Ende der Oase, schon in der Wüste, stehen die Glashäuser mit den Rosen, die sie jeden Abend nach Amsterdam fliegen und am nächsten Tag in Europa verkaufen. Es sind die gleichen Rosen, die sie allabendlich auch in den Buschenschänken rund um Oberrettenbach anbieten und niemand denkt dabei an die Wüste von Galiläa.

Ich schmier mir aus den am Strand bereitstehenden Kisten den schwarzen Lehm auf den Körper, watschle ins Wasser des Toten Meeres und versuche zu schwimmen. Aber es funktioniert nicht. Es schwimmt sich wie mit einem breiten Brett vor der Brust. Ich drehe mich auf den Rücken und lasse mich vom hohen Salzgehalt des Toten Meeres tragen. Über mir der blaue Himmel, neben mir Stille; ein Gefühl, das ich in dieser Körperhaltung bis dahin nur von den Wiesen in Oberrettenbach 33 kannte.

Und ich frage mich hier wie dort: Wie kommt das Gras in die Wiese und wie das viele Salz ins Tote Meer?

WIEDER ZURÜCK IN JERUSALEM, schlendern Walter und ich durch die Altstadt und den Basar. Es ist wenig los; Touristen sind nur wenige unterwegs. Die Mehrzahl sind Polizei- und Militärangehörige. Die Händler dösen vor sich hin, und Walter und ich betrachten sie und den vor ihnen ausgebreiteten wundersamen Krimskrams.

Vor einem, auf einem Teppich aufgestellten Schachspiel mit großen, geschnitzten Figuren bleiben wir stehen. Walter fragt nach dem Preis. Der Händler nennt den Preis in Euro. „Zu teuer", sage ich und wir spazieren weiter. Plötzlich reißt mich jemand von hinten am Arm. Es ist der arabische Händler. Er drückt mir einen Plastiksack mit den in Papier eingewickelten Schachfiguren in die Hand und schreit: „Nimm es, cheap!" Ich reiche ihm den Sack zurück und sage „No". Er drängelt weiter und versucht mir den Plastiksack umzuhängen. Wir ziehen Leine, bevor es hier zu einem Aufstand kommt. Der Händler bleibt schimpfend stehen und schreit uns, die geballte Faust in die Höhe reckend, nach: „Scheiß Aleman!"

„Angenommen! Aber mach dich bloß nicht unglücklich mit deinen Schachfiguren", rufe ich leise auf Englisch zurück.

Walter sagt gar nichts, als Schweizer ist er prinzipiell immer neutral.

JEDE WOCHE VERÄNDERTE JOHANN. Zuerst war es nur Müdigkeit. Bald gesellten sich Appetitlosigkeit und Schmerzen dazu. Das schmale Gesicht wurde noch schmaler und die Hände noch knochiger und feingliedriger. Zum ersten Mal in seinem Leben blieb er länger im Bett als alle anderen. Trotz aller Schmerzen legte er auf ein korrektes Äußeres großen Wert. Solange er es schaffte, pflegte er sich selbstständig und autonom. Jeden Tag am Morgen blickte er in den Spiegel, wohl auch, um seinen langsamen Verfall selbst zu beobachten. Längst war ihm sein unausweichliches Schicksal bewusst.

An schönen Tagen saß er mit seinem breiten Hut draußen auf der Terrasse. Immer öfter und immer länger aber lag er in seinem elektrisch verstellbaren Sessel im schattigen Vorhaus und döste vor sich hin oder wand sich in Schmerzen. Er klagte nie, weder über Schmerzen noch über sein Schicksal. Jeden Tag kam der Arzt und Johann scherzte mit ihm und wünschte ihm einen erholsamen Urlaub, als der Sommer kam. Immer wieder kämpfte er sich zurück und schöpfte frische Hoffnung. Als alle Kräfte aufgebraucht und alle Hoffnung gewichen war, legte er sich ins Bett, drückte mir ein letztes Mal die Hand wie zum Gruß und flüsterte: „Viel Glück. Alles Gute!" Das waren seine letzten Worte. Leise geflüstert, kaum noch zu hören. Einen Tag später war er dort, wo er hin wollte: im Himmel.

Seitdem begleiten mich zwei auf meinen Reisen: Anton und Johann.

„INE, ANE, UUH UND dran bist du!" Liebliche Kinderreime bekommen auch im Erwachsenenalter ihre Bedeutung. Nach Anton und nach Johann bin ich jetzt dran. Anton hat an Johann übergeben und Johann an mich und ich werde an Klemens weitergeben, so entspricht es der Tradition unserer Familie und unserer Art. Es ist eine Aufgabe mit Ablaufdatum und klarem Auftrag an den Kapitän. Das Schiff Oberrettenbach 33 wird so seit 300 Jahren auf Kurs gehalten. Die Ressourcen sind zu schützen, die Motoren und die Fahrgeschwindigkeit sind so umzurüsten und den gegebenen Bedingungen anzupassen, dass das Schiff vom nächstfolgenden Kapitän im besten Zustand übernommen werden kann. So muss sich jede Generation ihrer Wirklichkeit stellen und ihren Teil zum dauerhaften Gelingen beitragen. Die Vorgaben dafür sind seit 1749 immer die gleichen: ausbauen, bewahren, weitergeben. So halten wir es seit Generationen.

Ich bin der erste in der Abfolge, der nicht vom Ertrag des Gutes lebt und nicht direkt am Hof wohnt. Johann hat hierfür die Tür geöffnet. Das fordert von mir ein neues Denken und das Begehen von neuen Wegen. Wie durch eine tiefverschneite Winterlandschaft muss ich mir meinen Pfad schaufeln, der für mich und meinen Nachfolger zu einem zielführenden Weg werden soll. Althergebrachtes ist dabei hinderlich. Es ist Zeit, die alten Schlapfen, die nur ausgetretenen Pfaden folgen wollen, wegzuwerfen und mir neues Schuhwerk zu besorgen. Mein Nachbar hat es mir bewusst gemacht: „Du bist dran", sagte er und ich wusste, das heißt, ich entscheide und verantworte und vor mir ist keiner mehr, hinter dessen Rücken ich mich verstecken kann.

Ich liege in meiner Hängematte und schaukle von links nach rechts und von rechts nach links. Es ist einer der seltenen lauen Abende in diesem Sommer. Die Blätter der Bäume rauschen wie das Meer. Ebbe und Flut am Land. Ein guter Platz, um nachzudenken. Von links nach rechts und von rechts nach links.

Von irgendwoher weht der herrliche Duft von Heu. Für den Heukenner ist es eindeutig: Westhang, zweitägig liegend, zwei Mal gewendet, einmal geschwadet.

Heu ist wie guter Wein, aus dem Duft bekommt der Kenner alle Informationen: die Zusammensetzung der Gräser, den Anteil von Weidel- und Knaulgras, Rotschwingel und

Wildkräutern. Der Duft des Heus ist wie ein offenes Buch; wer lesen kann, der lese.

Mir bedeutet Heu noch immer viel. Heu wird von der Kuh zu Milch veredelt und vom Käser zu Käse. Heu ist ein Edelstoff.

Auch auf unseren Wiesen mähen jetzt große Maschinen von fremden Bauern. So groß, wie sie sich Johann und Anton nie hätten vorstellen können. Aber Gras und Heu ist nicht nachgefragt. Es gibt keinen organisierten Markt dafür. Ohne eigenes Vieh eignet sich Gras am besten, um darin zu liegen. Die hohen Halme und Blätter schirmen bestens gegen neugierige Blicke ab. Sommertags gehört das zu meinen Lieblingsbeschäftigungen, im hohen, schützenden Gras zu liegen, den Grillen zu lauschen und dem Spiel der Wolken zu zuzusehen. In solchen Augenblicken vergesse ich mich selbst und fühle mich tagträumend eins mit dem Universum. Weggebeamt, irgendwo zwischen Wolken und Gras. Es sind intensive Welten, die ich so betrete, deshalb gehören diese Momente mit zu den schönsten. Nicht jeder Tag ist gleich, aber ich laufe Gefahr, süchtig zu werden nach der Unendlichkeit des weiten Horizontes und der Stille zwischen Gras und Himmel. Erst wenn Chris, mich zum wiederholten Male suchend, ruft, reiße ich mich los aus meinem Wiesenversteck und drifte zurück in den Alltag. Erst widerstrebend, dann mich ergebend. Als Belohnung gibt es ein Mittagessen.

VANCOUVER. WIEDER RAFFE ICH mich zu einer längeren Reise nach Westkanada auf. Der Zugvogel breitet seine Flügel aus und fliegt. Johann freut sich auf den Trip. Es ist seine erste Reise seit er damals im Krieg in einem Viehwaggon an die Front auf die Krim geschickt wurde. Er war noch nie in Kanada gewesen. Auch Anton ist es recht. Jetzt hatte er ja Johann, mit dem er über alles, was Oberrettenbach 33 betrifft, reden konnte. Mit solchen Freunden steige ich gern in den Flieger und überquere den Ozean.

Das Prime-Rib-Steak im „Black Angus" ist saftig, ausreichend marmoriert und genau so gegrillt, wie sich ein Europäer ein gutes, medium-gebratenes Steak vorstellt. Das macht mir Vancouver schon am ersten Abend sympathisch. Ein nächtlicher Kurztrip an den Pazifikstrand verstärkt diesen Eindruck noch. Die großzügig beleuchtete Skyline steht wie ein Bollwerk schützend inmitten der Stadt und signalisiert: Hier bist du in einer nordamerikanischen Zivilisation. Alles wirkt aufgeräumt und ruhig; auch später im Hotel statt Hektik gediegener englischer Landhausstil.

Der Weg von Israel über den Atlantik bis hierher an den Pazifik zieht sich und verlangt einiges an Geduld; eine Stärke, die bei mir nicht sonderlich ausgeprägt ist. Wäre da nicht die Zwischenetappe zu Hause und die Vorfreude, wieder einmal meine Füße im Pazifik waschen zu können, wäre es der Mühe wohl doch zu viel gewesen.

Zeitig am Morgen, noch bevor hier alles erwacht, nehme ich ein Taxi Richtung Hafen und buche einen Platz auf einer der Fähren hinüber nach Vancouver Island.

Vancouver Island ist die größte Insel Nordamerikas im Pazifik, mit mehr Fläche als Belgien, oder, um einen anderen Vergleich anzuführen, fast so groß wie die Schweiz. Dazwischen nur ein bisschen Pazifik bis Vancouver und auf der anderen Seite die ganze unendliche Breite des Pazifischen Ozeans bis nach Japan und China; beide die nächsten, weitentfernten Nachbarn.

An Deck der Fähre das übliche emsige Gedränge. Ich suche mir eine windgeschützte Ecke und versuche zu telefonieren, bevor in Europa die Büros schließen. Es ist acht Uhr Ortszeit und in Europa räumen sie jetzt ihre Schreibtische zusammen, fahren die Computer herunter und freuen sich auf den freien Abend. Der neunstündige Zeitunterschied verlangt einem einiges ab.

Die Verbindung nach Europa ist gut. Mit einem kurzen Ruckeln verlässt die Fähre den Hafen und ich höre das seitliche Plätschern des Pazifiks am Boot. In Europa stapeln sich einige Problemchen. Ich dachte, ich hätte sie zurückgelassen. Unerlaubterweise sind sie mir über den Atlantik nachgereist. Das ist ihr Pech. Ich versenke sie im Pazifik und halte mich an Senecas Weisheit: „Mache dir bewusst, dass du der beste Teil deiner selbst bist."

Schon lebt es sich unbeschwerter.

DA STEHEN ALSO CHRIS und ich auf unserem Land und blicken auf eine Zukunft wie auf ein Blatt leeres Papier, das von uns beschrieben werden will. Chris und ich sind mit dem Wunsch zurückgekehrt, so einfach wie möglich und so unabhängig wie gerade noch schaffbar zu leben. Essen aus eigener Erde, ein Dach über dem Kopf, Energie von der Sonne, Freunde und Freude am Leben. Das ist es. So einfach ist das gute Leben gestrickt. Also in die Hände gespuckt und angepackt. Was brauchen wir zum Leben? Was brauchen wir zu unserer Freude? Wissen wir das selbst oder werden uns das die Experten sagen, die alles besser wissen?

Tage- und nächtelang haben wir Ideen für Oberrettenbach 33 entwickelt, uns euphorisch hineingesteigert und am nächsten Tag wieder verworfen. Wochenlang ging das so. Der Stress, den wir zu entkommen gehofft hatten, hatte uns durch die gegebenen Umstände wieder eingeholt. Wir hätten dieses Selbstfindungs-Roulette noch Monate weiter fortsetzen können und wüssten bis heute keine Lösung, weil es die alles andere überstrahlende Lösung eben nicht gibt und die sogenannte beste Lösung sowieso immer nur die Momentaufnahme eines spontan auftretenden Hirngespinstes ist. Der Mensch lebt nicht nur mit seinem Kopf, sondern vor allen mit seinen Gefühlen. Ganz besonders gilt das für alles, was wir uns selbstgewählt umhängen und zutrauen. Dafür wollen wir mit Wohlgefühl belohnt werden. Das ist wohl das mindeste.

Wo sollten wir anfangen? Konnten wir einfach da anschließen, wo Margarete und Johann einst aufgehört hatten? Keine Ahnung. Wichtigste Erkenntnis: Immer locker bleiben und erst einmal auf Reisen gehen. Der Stille Ozean scheint da gerade der richtige Platz zu sein, wenn er denn tatsächlich still ist.

VICTORIA/BRITISH COLUMBIA. WIE VEREINBART treffe ich mich mit den beiden Managern von „Butchart gardens" in Victoria in einem europäisch anmuteten Café in der Nähe des Hafens. Die beiden Manager Kate, eine junge Frau, und Swen, ein Herr mittleren Alters, erzählen von den großen Besucherströmen, den begeisterten Europäern und der Sehnsucht der Menschen nach Natur und gestalteter Gartenkultur. An meinem Ohr vorbei rauschen schön konstruierte Marketing-Sätze. Ich lasse sie wie warmen Mairegen abtropfen und konzentriere mich auf meine Umgebung. Ein Blick aus dem Fenster zeigt mir eine typisch englische Stadt: Victoria. Einst als Außenposten der Hudson's Bay Company am Südzipfel von Vancouver Island gegründet, diente sie Pelzhändlern, Abenteurern und Piraten als stabiler Stützpunkt in einer unüberschaubaren, unsicheren Wildnis. Heute ist Victoria die Hauptstadt von British Columbia.

Nach dem verbalen Warm-up fahren wir hinaus aus der Stadt entlang dem Highway und biegen kurz darauf in eine Seitenstraße; plötzlich stehe ich in einem Märchenwald. Riesenmammutbäume reduzieren mich und meine beiden Begleiter auf Ameisengröße. Wer je einen Riesenmammutbaum umarmt hat, seine raue Rinde spürte, weiß, dass es sich anfühlt, als umarme ein Zwerg den Fußknöchel eines Riesen. Es ist nicht das erste Mal, dass ich diesen Bäumen begegne, aber jedes Mal empfinde ich es als eine Lehrstunde für mein menschliches Zwergentum an Lebensdauer und Größe. Deshalb freue ich mich über jede Begegnung mit diesen majestätischen Bäumen, lehren sie mich doch, größer zu denken. Mir Kraft und Größe zu zutrauen. Mir selbst zu sagen, ich bin ein Redwood.

Später, oben in der weitläufigen Gartenanlage von „Butchart gardens", einer aufgelassenen ehemaligen riesigen Schotterabbaustelle, beeindrucken mich die Wucht der Blumen, die Phantasie und Anmut der Inszenierung und die Großzügigkeit der Anlage. In Kanada, diesem Land der weiten Landschaften, ist alles XXX-Large, auch die Gärten und die Inseln. Die Superlative kreuzen meine Wege wie die Rudel der lächelnden Chinesen in „Butchart gardens".

ZURÜCK AUFS LAND IST für die meisten Menschen eine romantische Vorstellung. Das Land wird zum Sehnsuchtsort mit tiefverschneiten, weißen Winterwäldern, froststeifen Kirschzweigen, frühlingsbunten Gärten, saftig grünen Sommerwiesen, herbstlichen Weinlesen und Erntedankfesten.

Auch Chris und ich träumen in diese Richtung. Unser Hof als ein Ort mit ausreichend Platz, hohem Himmel, stiller Bescheidenheit, traumhaften Sonnenuntergängen und Nachbarn, die man kennt. Romantik kann so verführerisch sein.

Es ist nicht nur die Idylle, die lockt. Es ist auch der Lockruf der Freiheit, der Geruch des eigenen Schweißes, die Lust der Hände, in der Erde zu wühlen, zu hämmern und zuzupacken, das Gefühl des eigenen Schaffens und Erschaffens.

Alles schön und gut, liebe Leute. Das sind wunderbar gezimmerte Wunschbilder. Ich muss mich selbst warnen, ich kenne das wirkliche Bauernleben.

Zurück aufs Land heißt für einen wie mich zurück zu Schweinen, Hühnern, Kühen, Ziegen und Schafen. Das macht auch Mühe. All diese Tiere haben Hunger und wollen betreut werden, jeden Morgen, jeden Abend. 365 Tage im Jahr, in Schaltjahren 366 Tage. Dafür heißt es, in der Hitze des Sommers das Futter für kalte Wintermonate zu schaffen und bei beißender Kälte im Winter hinaus zu den Tieren zu gehen. Bin ich dazu tatsächlich bereit? Prinzipiell ist das eine schöne Aufgabe. Manchmal, wenn man gern noch länger bei seinen Freunden bliebe, kann es auch nerven. Das müssen Zugvögel, Nachfolger und Rückkehrer beachten.

Zu bedenken ist auch: Des Bauern Werkstatt sind die Felder, Äcker, Wiesen und Wälder – alles unter freiem Himmel. Das Wetter gibt den Tagesablauf vor. Für ungeduldige Kerle wie mich eine fast nicht auszuhaltende Einschränkung. Nässe, Kälte und Hitze sind Freund und Feind zu gleich. Geduld ist gefragt, Ausdauer und eine ordentliche Portion Gelassenheit. Was heute nicht geht, geht morgen. Die Sonne und den Regen kann man nicht bestellen.

In Oberrettenbach bringen die Adriatiefs im Sommer den Regen und im Winter den Schnee. Das weiß ich und darauf ist Verlass. Nicht immer, aber meist. Aber die Intensität ist höchst unterschiedlich und verursacht Ärger, Zorn oder Verzweiflung. Auch das müssen Nachfolger und Neusiedler auf ihrem Radarschirm haben.

Große Maschinen auf Äckern beeindrucken. Sie bearbeiten große Flächen rasch und zeitsparend und bringen dem Eigentümer Prestige, denn sie kosten viel Geld. Dem

Besitzer bleibt dadurch aber nicht mehr Zeit. Maschinengiganten sind Verführer. Ihre Kraft müsse ausgenützt werden, fordern die betriebswirtschaftlichen Lehrbücher. Ihr Leistungspotenzial verführt dazu, noch mehr Land zu bearbeiten. Große Maschinen sollen nicht am Hof herumstehen, sondern arbeiten. Fürs Herumstehen sind sie zu teuer. Das macht Druck. Statt weniger, wird die Arbeit dadurch mehr. Will ich das? Ein Teufelskreis öffnet so seine Hoftore, eine gefährliche Falle für Nachfolger, aufs Land Zurückkehrende und Neueinsteiger.

Chris und ich haben andere Vorstellungen. Oh Gott, wenn man zurück aufs Land will und das falsch anpackt, landet man schnell vom Regen in die Traufe. Da heißt es, verdammt vorsichtig sein und genau zu wissen, in welche Richtung man sich entwickeln will. Noch haben wir keinen genauen Plan, aber wir wissen immer besser, was wir nicht wollen.

DIE PHANTASIEVOLLEN BILDER UNSERER Träumereien haben wir zum Teufel gejagt. Chris und ich wissen jetzt, Oberrettenbach 33 muss nicht für uns passen. Wir brauchen nur Begleiter zu sein für die nächste Generation, handfest zupacken, aufräumen, umorganisieren, umbauen.

Das Erste, was ich wieder in Gang setze, ist der Hühnerstall. Nicht gerade weltbewegend, aber immerhin. Hinten, in der alten Maschinenscheune, soll er entstehen. Ein richtiger Bauernhof braucht Hühner, einen Hahn, der morgens kräht, Frühstückseier und Küken. Bei der Geflügelzucht kaufen wir einige Junghennen und einen Hahn. Von der Peperl, einer Schwester vom Karl, bekommen wir eine Bruthenne und drei Wochen später schlüpfen sieben gelbe, flauschige Küken.

Was für ein Anblick. Die Henne und ihre kleinen, wuscheligen Küken bei ihren täglichen Ausflügen zu beobachten, bestärkt mich, mit dem Bau des Hühnerstalles das Richtige getan zu haben. Mehr Umsorgen, mehr Geborgenheit, mehr Beschützen, wie das eine Bruthenne mit ihren Küken vorzeigt, ist nicht vorstellbar. Dies zu beobachten und zu sehen, wie die Henne ihren Kindern täglich Neues lehrt, zeigt, wie klug die Natur das eingerichtet hat und wie wenig wir davon noch wissen.

Wer auch immer in die Nähe der Bruthenne kommt, wird von ihr sofort mit gespreizten Flügeln und Krallen attackiert. Da ist sie kompromisslos. Das hat Bruthennen einen zweifelhaften Ruf eingebracht. Am Land warnen deshalb enttäuschte Männer ihresgleichen vor besonders couragierten Frauen mit dem Satz: „Pass auf, die ist eine richtige Bruthenne."

Chris und ich lernen eine Menge von diesem Hühnerkindergarden. Hätten wir uns das vor den eigenen Kindern angesehen, hätte uns das so manches Diskussionsgeschnatter erleichtert und der Hahn der Familie hätte sich so manch lautes Krähen erspart.

PORT ALBERNI/BRITISH COLUMBIA. DIE Fahrt hinauf nach Port Alberni dauert länger als angenommen. Es wirkt ziemlich abgelegen hier heroben. In dieser Gegend arbeiten alle in der Holzindustrie. Weite Teile der Bucht sind von schwimmenden Baumstämmen bedeckt, die mit Spezialbooten zum riesigen Sägewerk getriftet werden. Einige der Arbeiter am Stapelplatz des Sägewerks steigen zur Brotzeit steifbeinig von ihren hochgestellten Bretterschlichtmaschinen, holen ein Stück Räucherlachs und Weißbrot aus ihren mitgebrachten Taschen und hocken sich damit auf den Jausenplatz abseits des Asphaltes, am Rande der hohen Brettertürme. Ich setze mich zu den Arbeitern und koste ein Stück von diesem wunderbaren luftgetrockneten Lachs, der so gut schmeckt wie bestes Bauerngeselchtes zur Osterzeit in Oberrettenbach 33.

Holz hat in British Columbia eine überragende Bedeutung. Die Wälder der Rocky Mountains und von Vancouver Island sind voll damit. Die kanadischen Holzfäller haben bezüglich ihres Könnens und ihrer Ausdauer Weltruf und sie verstehen etwas von Holz und Fischen, Elchen und Bären. Sie erzählen mir, dass das nichts mit Romantik zu tun hat, sondern dass man davon nur Schwielen an den Händen bekommt und dass das Leben in einem Forstcamp abseits der Zivilisation ziemlich „beschissen" sei. Sie arbeiten hier im Sägewerk im Schichtbetrieb rund um die Uhr. Das Leben hier sei für sie besser als irgendwo draußen in einem Camp weit weg von der Familie. Das hätten sie schon alles gehabt. Das erinnert mich an meine vielen verschiedenen „Camps", in denen ich schon Gast sein durfte; in Kiel, San Francisco, Cambridge, Wien, Quebec City, St. Petersburg oder Oberrettenbach 33. Scheinbar sind wir Menschen doch nicht so unterschiedlich, wie wir immer glauben. Wir haben nur unterschiedliche Aufgabengebiete.

Bevor die Sonne hinter der Bucht von Port Alberni verschwindet, mache ich mich auf die Rückreise nach Victoria, um mit der letzten Fähre zurück nach Vancouver zu kommen. Es ist ziemlich einsam hier heroben in Port Alberni und ich weiß nicht, ob ich dafür gebaut bin, hier irgendwo allein zu stranden, und ich habe auch keine Lust, es jetzt herauszufinden.

Wenn die Henne am Morgen mit ihren Küken aus dem Stall tritt, legt sie ihren Kopf schief und blickt prüfend gegen den Himmel. Oberrettenbach ist reich an Bussarden, Falken, Habichten und Füchsen. Aber auch Rabenvögel und Elstern können für die Henne, aber noch mehr für ihre Küken eine totbringende Gefahr sein. Ist alles in Ordnung, kommt das beruhigende „Gluck, gluck, gluck, gluck …" der Henne und die Küken wuseln wie kleine gelbe Wattebauschen um ihre Füße und bleiben immer in der Nähe ihrer schützenden Flügel. Die Umgebung scharf beobachtend, schreitet die Henne mit ihrem Nachwuchs stolz Richtung Wiese. Bei geringster Gefahr warnt sie die Kleinen durch Zuruf und alle verschwinden blitzschnell unter ihren ausgebreiteten Flügeln und verhalten sich absolut ruhig, bis sie wieder Entwarnung gibt.

Für mich als Beobachter scheint es, als habe eine unsichtbare Hand den Film gestoppt und zeige ein unbewegliches Standbild, bis plötzlich, als sei nichts gewesen, alles wieder wuselt und lebhaft durcheinanderläuft. In der flirrenden Mittagshitze des Sommers verziehen sich alle unter einem schattigen Strauch, dösen mit gespreizten Flügeln vor sich hin oder die Kleinen jagen aufgeregt irgendwelchen Käfern nach. Hat die Henne etwas Fressbares gefunden, dann lockt sie ihren Nachwuchs mit ihrem „Komm, komm" in der Hennensprache und alle stürmen herbei, um gleich wieder entsetzt vor dem großen, krabbelnden Käfer zurückzuweichen und ihn dann neugierig, auf ihn einpickend, zu verfolgen. Wenn du eine Henne mit Küken hast, hast du die spannendste Filmserie jeden Tag vor deiner Tür. Verkauf deinen Fernseher und schaff dir eine Henne mit Küken an. Du wirst es nicht bereuen.

Kamloops/British Columbia. Das Wetter ist scheußlich, als ich mich mit Elisabeth, meiner kanadischen Begleiterin, von Vancouver nach Kamloops aufmache. Eine Reise durch British Columbia in Richtung Alberta, quer durch die Rocky Mountains. Das Leihauto, ein roter Ford, sieht aus, als hätte er seinerzeit auch schon Blumenkinder aus San Francisco transportiert.

Wir lachen und denken an unseren Flug vorgestern von Vancouver auf die Queen-Charlotte-Inseln, die jetzt in der Sprache der Ureinwohner *Haida Gwaii* heißen. Ein Flug im Dauerregen mit einer Kiste, der man die Jahre mit freiem Auge ansah. Um uns nur graue Nebelsuppe und Turbulenzen, die sich anfühlten, als fahre man mit hundert Kilometer pro Stunde über eine Schotterstraße mit tiefen Schlaglöchern. Durchgerüttelt und verbeult haben wir uns die beiden folgenden Tage in märchenhaft schönen Landschaften und in Wäldern mit riesigen Moosbärten herumgetrieben.

Es war eine prachtvolle Kulisse. Die Natur zeigte mir wieder, welch vielfältigen Strategien sie sich bedient, um das Beste aus der jeweiligen Situation zu machen – egal welche Pflanze, welches Klima, welches Tier gerade vorherrscht. Die Natur bevorzugt immer das Prinzip der Zusammenarbeit in Form des beiderseitigen Nutzens. Je extremer die Bedingungen, desto deutlicher wird sichtbar, wer mit wem kooperiert. In der eigenen Nachbarschaft ist es genau umgekehrt: Je extremer die Verhältnisse, desto weniger verlässlich lässt sich bestimmen, wer gerade mit wem in Verbindung steht.

Die Fahrt über den Trans-Canada-Highway ist stressfrei und auf der Höhe des Okanagan Valley hört es endlich auf zu regnen. Das Frazer Valley gibt sich wild und trotzig und protzt mit seinen Bergen und aufdringlichen Schwarzbären. Die Wolken werden dünner und in der Nähe der Stadt Merritt sehen wir nach Tagen wieder blauen Himmel. Die Rocky Mountains liegen hinter uns und vor uns breitet sich typisches Ranchland aus. Wir fahren hier vom Highway ab und nehmen die schmaleren Seitenstraßen nach Kamloops. Es ist wie eine Fahrt durch die Landschaft eines Wildwestfilms: langgezogene, karge, braune Hügel mit Büschen, vereinzelt stehende Fichten und dazwischen grasende Hereford-Rinder. Es ist das typische Prärieland des Westens. Irgendwie erwarte ich mir jeden Augenblick, dass ein Indianer aus dem Gebüsch springt oder ein Typ wie John Wayne vorbeireitet. Aber es bleibt ruhig; wir rollen unsere Sandwiches aus dem Papier und ich steuere, weiter nach Cowboys Ausschau haltend, mit schmierigen Fingern den roten Ford durch die kanadische Prärie.

Auf der Nicole-Ranch halten wir. Die Ranch liegt nahe der Straße und ein großes Schild weist den Weg. Die Eigentümer, zwei junge, nach Kanada ausgewanderte Dänen, heißen Elisabeth, die sie kennen, und mich herzlich willkommen und laden uns ein, sie auf ihrer Ranch zu begleiten.

Die Cowboys arbeiten im *Corral* und sortieren Hereford-Rinder für den Verkauf. Elisabeth und ich hocken uns auf die Umzäunung und bestaunen die Geschicklichkeit von Pferden und Reitern. Die Kerle erledigen alles vom Pferd aus. Sie dirigieren das Pferd mit Schenkeldruck, arbeiten gut mit dem Lasso und trennen die Tiere in drei verschiedene Gruppen. Es ist genauso, wie in vielen Western gesehen, und mit den Cowboys ist es wie mit den kanadischen Holzfällern: An ihnen hängt viel Romantik, zu der die Schwielen an ihren Händen, die täglich durchgeschwitzten Hemden und die oft lausigen Quartiere nicht passen. Das erinnert mich stark an die von der Tourismuswerbung verklärte Bergbauernromantik bei uns.

In Kamloops trennen sich die Wege von Elisabeth und mir. Elisabeth wird hier von einer Freundin abgeholt; ich nehme mir ein Hotel. Morgen werde ich über Red Deer nach Edmonton hinauffahren, mit Ranchern sprechen und mich mit Farmberatern treffen. Von Edmonton über Calgary werde ich nach New York reisen und mir das Blaue vom Himmel über die grüne Gentechnik anhören.

Central Park/New York. Der Weg von Calgary nach New York ist weiter als das geografische Gedächtnis eines Mitteleuropäers das im Kopf hat. Erst gegen Abend schwebe ich in New York ein. Die Boeing 737 gleitet zwischen den beleuchteten Wolkenkratzern Richtung Flughafen. Es ist wie im Traum. Das Flugzeug im Landeanflug – links und rechts begleitet vom Lichtermeer der Wolkenkratzer –, mit slalomartigen, langgezogenen Schwenks über der Stadt. Fliegen in seiner schönsten Form. Im Flugzeug ist es fast andächtig still und ich genieße diese Faszination zwischen Traum und Wirklichkeit.

„Ist das ein Frosch? Wie heißt diese Blume? Warum haben Rosen so viele unterschiedliche Farben? Schaffst du den Marathon unter drei Stunden?" Die Antworten sind mager und entschwinden mit der Entfernung ins Unverständliche. Die Stimmen und die bunten Turnschuhe an den nackten Füßen der Läufer und Flanierenden lenken mich ab.

Ich lehne mit dem Rücken am Stamm eines Ahorns und bestaune die Wesen im *Central Park*. Ähnlich muss es einem Außerirdischen ergehen, der durch ein technisches Versagen in dieser grünen Oase New Yorks landet. Aber vielleicht bin ich auch nur am falschen Platz und vergleiche, was gar nicht vergleichbar ist.

Alle sind in Bewegung. Bewegung ist gesund. Wer rastet, der rostet. Wir kennen diese Sprüche. Bei gar nicht wenigen ist das stärker in den Schädel gehämmert als die zehn Gebote. Redakteure von Lifestyle-Magazinen und Marketing-Leute schwingen dafür ihre Hämmer. Keine Minute Ruhe wollen sie uns gönnen. Ständig sollen wir zappeln, laufen, wandern, radeln, just so, wie Marionetten immer in Bewegung sind, während die Schnürchenzieher stets im Verborgenen bleiben.

„The show must go on" – damit sich der Dollar dreht. Das ist die einzige Erwartungshaltung, die die Geldeliten an die Masse stellen. Mitspielen heißt die Devise. Mehr Interesse braucht es nicht. Das Zauberwort der zeitweisen Befreiung heißt nicht Simsalabim, sondern Entzug. Weg sein. Nicht erreichbar sein für Events, dumme Sprüche, Anleitungen, Lebensrezepte und Anstiftungen.

Diesen Rückzugsort bietet mir „O 33". Das Schönste für mich ist, wenn ich über mein eigenes Land gehe, leise, entspannt und eingerahmt von Wäldern, Wiesen, Getreide und Bäumen und mir die ganze Pracht der Jahreszeit selbstverständlich und unaufgeregt begegnet. Ich weiß, irgendwo da draußen ist es jetzt laut und hektisch, wie in der Stadt hinter mir, aber hier ist meine Insel. Hier bin ich all dem Wahnsinnigen, dem Widersprüchlichen, den Machtansprüchen und Manipulationsgelüsten des täglichen Weltenlaufs enthoben.

Die alten Apfel- und Birnbäume leben noch von der Kraft meiner Ahnen, die sie auf diesen Platz stellten, an dem sie Anton, Johann, erfreuten und auch noch mich und meine Kinder erfreuen. Sie erzählen die Geschichten von den groben Unwettern im Sommer 1921, vom extremen Winter 1942, in dem der Frost ihre Rinde sprengte, oder vom Pferd Fritz, das mit seinen Zähnen am Stamm nagte. Alles haben sie überstanden, nicht unbeschädigt, aber zäh dagegenhaltend. Ihr Stamm ist übersät mit Narben und Verletzungen von hundert Jahren. Als sie an ihrem ersten Frühling nach der Pflanzung ihre zarten Blätter durch die Knospen schoben, gab es noch keine Passagierflugzeuge, keine Autos, Smartphones oder Computer. Heute haben wir das alles und es sind trotzdem immer noch die gleichen Dinge, die das Leben in Gang halten. Der Boden braucht Regen und die Luft ausreichend Wärme, dann blühen diese alten Recken noch und erfreuen Bienen, Vögel und Mensch mit ihrem x-ten Frühling.

Die Lehrmeister der Natur zu beobachten, ihre Stille zu belauschen und ihre Unaufdringlichkeit zu spüren, gehört mit zu dem großartigsten Dingen im Leben, in Oberrettenbach und hier in New York. Das treibt die Menschen in den Central Park. Es entspannt sie und schärft den Blick für das Wesentliche. Die Stille und die Ruhe laden ein zu träumen, innezuhalten, in sich hineinzuhören. Es ermutigt, auf die eigene Stimme zu lauschen, ihr Raum und Gewicht zu geben. Das Leben reduziert nur auf das Da-Sein. Das ist das Großartige, das mir meine Insel am Land stets vorzeigt. Keine komplizierten Deutungen, keine überdrehten Marketing-Gauklereien, nur schlichte, uns allen bekannte Gegebenheiten. Wie wohltuend ist es da, sich auf diese Insel zurückzuziehen, sich der von Medien- und Marketing-Leuten gesteuerten Aufgeregtheit zu entziehen und sich wieder positiv aufzuladen.

Das Europäern zum Relaxen gern empfohlene Las Vegas dagegen ist für mich kein Rückzugsort. Im Gegenteil. Die „einarmigen Banditen" fordern dich heraus: sei kein Schlappschwanz, trau dich was, „no risk no fun". Sie knebeln und fesseln dich. Du sitzt stumm und blind für deine Umgebung im Casino und lauscht nur auf klimperndes Metall. Der Blutdruck steigt, die Gier wächst und dein innerer Frieden ist, im wahrsten Sinne des Wortes, beim Teufel. Und es gibt eine Menge Teufel in Las Vegas.

NEW YORK IST EINE großartige Stadt: hoch, breit, eng, draufgängerisch und großmütig. Ich bin von Menschen umzingelt. Es wimmelt neben mir, über mir und unter mir. Gesichter, Körper, Beine und Füße – wie in einer Ameisenkolonie. Ich stehe am Time Square und frage mich, warum alle so verrückt nach New York sind? Für solche, die kurz stehen bleiben wollen, ist hier kein Platz. In der Metro rattert und zieht es. Ich werde bedrängt, geschoben, gestoßen und getreten.

Warum, in Teufels Namen, residieren ausgerechnet die größten und besten Firmen der Welt in dieser Stadt? In einer Stadt, die nie schläft, in der es keinen Unterschied zwischen Tag- und Nachtaktiven gibt, wo einem im Schatten der Wolkenkratzer nie die Sonne berührt. Während ich mir diese Fragen stelle, trinke ich diesen dünnen, heißen amerikanischen Kaffee wie die meisten hier im Gehen und hoffe, bei meinem nächsten Gesprächspartner einen ordentlichen Espresso zu bekommen.

In der Großstadt musst du deinen Mitmenschen mehr vertrauen als auf dem dünn besiedelten Land. In der Stadt bin ich umzingelt von anonymen Gestalten. Hier bin ich auf jedem Meter von der Reaktion des neben, vor, hinter, über und unter mir Befindlichen abhängig. Ich vertraue auf ihre Vernunft, Anständigkeit und Normalität. Kannst du all diesen anonymen Ameisen nicht mehr vertrauen und an ihre Aufrichtigkeit glauben, wird dir das Leben hier zur angstvollen Dauerqual. Auf dem Land dagegen muss ich mir selbst mehr zutrauen, und ich habe Nachbarn, die ich kenne und von denen ich möglicherweise mehr weiß, als es ihnen lieb ist.

Daran denke ich, während mich ein Läufer seitlich im Gedränge rempelt und mir meinen Kaffe über Hemd und Hose schüttet. Mit den dunklen Kaffeeflecken auf Hemd und Hose kann ich gut leben, nicht aber mit diesem ständigen Drängen, Schieben und Stoßen.

Deshalb nehme ich mir ein Taxi hinunter in Richtung Wallstreet. Die Wallstreet ist eine düstere Seitenstraße, eine einzige enge Schlucht zwischen Wolkenkratzern, wo es mir aufgrund der fehlenden Sonne fröstelt. Die Adresse meines Gesprächspartners liegt an einem unauffälligen Eingangsportal. Nach der Kontrolle meines Presseausweises und der Einladung schlüpfe ich durch die unscheinbare

Pforte in das Reich eines der mächtigsten Agrargiganten der Welt. Gentechnik-Informationen aus erster Hand. Der Salon im 65. Stock ist nüchtern und sachlich mit hochmütigem Ausblick. Die Stühle sind zu drei Vierteln besetzt. In den Vorträgen gebärdet sich die Zukunft als Karussell, lockt mit neuen Zugängen und droht den Unentschlossenen mit Ausgängen ohne Umkehrmöglichkeit.

Der Espresso schmeckt wunderbar. Dass der Konzern seine gentechnisch veränderte Welt bewirbt, ist mir verständlich. Es stapelt sich hier viel Know-how, das unsere Zukunft prägen wird, ob wir es wollen oder nicht. Die Für und Wider der Gentechnik werden wir hier nicht ausdiskutieren, zu vieles ist noch zu hinterfragen, aufzuklären und zu gewichten. Also verlasse ich die Veranstaltung vor ihrem offiziellen Ende. Ich will wieder zurück. Auch Johann und Anton reicht es. Ein Taxi fährt mich zum Kennedy Airport. Jetzt locken mich nur noch meine Familie und die Henne mit ihren Küken in Oberrettenbach 33. Und alle, die angeblich alles über die grüne Gentechnik wissen, können mir den Buckel herunterrutschen.

OBERRETTENBACH 33 HAT MICH WIEDER. Statt dem satten Rauschen des Pazifiks höre ich das Gackern der Hühner. Die kleinen, flauschigen Küken haben sich ganz ohne Gentechnik prächtig entwickelt, und mit einer einzigen Ausnahme haben alle überlebt und sind inzwischen zu Junghennen und -hähnen herangewachsen. Jetzt krähen wieder Hähne und gackern wieder Hühner ums Haus. Das ist ein guter Anfang. Aber ein Hühnerstall allein ist zu wenig, um ein Haus auf Dauer zu beleben.

Es ist Mitte August; ich stehe mit Chris im aufgelassenen Kuhstall und denke an den kommenden Winter. „Es wird eine neue Heizung brauchen", sagt Chris. Hier im Stall sind noch vor wenigen Jahren Stiere und Kälber gestanden und haben sich an Mais und Silage gemästet. An manchen Ständen hängen noch ihre Ketten, an denen sie angebunden waren. Alles hier scheint für die Ewigkeit gebaut, der Stahlbeton, die verzinkten Boxenabteilungen und die solide Schwemmentmistung. Jetzt könnte hier eine Heizung einziehen, denke ich. Aber wo anfangen? Wie das Ganze umbauen, ohne ein Großaufgebot an Baggern und Betonmischern? Ich möchte die alte Dame Margarete nicht verletzen. Bauarbeiten im Haus stressen sie. Aber so ergeht es alten Häusern im Allgemeinen. Presslufthammer, Kettenradbagger und Bohrschlagmaschinen reißen tiefe Wunden in jahrhundertalte Gemäuer, vernichten in wenigen Minuten, was Generationen vorher Stein für Stein, Ziegel für Ziegel aufgebaut haben. Ich möchte vorsichtiger sein und das Haus nicht in seinen Grundfesten erschüttern. Das verlangt Kompromisse mit der Gefahr, dass am Ende alles improvisiert und schlampig daherkommt. Soll mich das stören? Muss auch der Heizraum perfekt sein, um bei Hausführungen eine gute Figur zu machen? Ich pfeife drauf.

Mit Besen und Schaber entferne ich den in Jahrzehnten angetrockneten Kuhmist von den Wänden. Es staubt, Schweiß tropft mir von der Stirn und es sieht hinterher nicht wirklich besser aus. Eine Sisyphos-Arbeit. Ist das die richtige Entscheidung? Eine klare Antwort haben wir bis heute nicht. Aber woher soll sie auch kommen? Das hemmt mich zwar und nagelt den verdammten Kuhmist noch fester an den Beton. Trotzdem, der Anfang ist gemacht, und das ist immerhin etwas. Ich werde mich selbst vor vollendete Tatsachen stellen.

Gegen Abend kommt Doktor Klemens mit erfreulichen Nachrichten: „Ich habe eine Idee. Meine Vorstellungen für ‚O 33' sind sehr konkret." Chris und ich spitzen unsere Ohren. Oh, das sind höchst interessante Neuigkeiten. Ideen, von denen mir mein Hirn nichts zu erzählen wusste. Mein altes Zugvogelhirn ist vom stetigen Hin, wieder Her und wieder Hin schon verkümmert. Ich bin gefangen im Gestern. Befangen. Klemens denkt neu. Für morgen. Er plant unbekümmert, verknüpft Tradition mit Neuem und eröffnet sich bisher unbegangene Wege. „Die 300-jährige Geschichte des Hofes motiviert mich", sagt er. „Hier haben Generationen von Menschen ihr Bestes gegeben. Ich denke, es soll hier weiter Leben geben. Es müssen ja nicht immer nur Hühner und Kühe sein." Er lacht sein spitzbübisches, charmantes Lächeln. Aber er hat recht und er hat Ideen und Pläne. Ich hingegen habe es nur bis zum Hühnerstall geschafft …

BRÜSSEL. DIE ÜBERLEGUNGEN VON Klemens gefallen mir sehr. Je weiter ich mich von zu Haus entferne, desto überzeugter bin ich von seinen Ideen. Auch Johann und Anton nicken zustimmend. Von vorn winkt auch Hedwig. Ich sehe sie, wenn ich aus dem Flugzeugfenster blicke. Sie begleiten mich, wie Engel das tun. Dabei fliegt es sich unruhig nach Brüssel. Viele Turbulenzen beschränken das Nachdenken auf kleine zeitliche Portionen.

Brüssel ist wie immer reich mit Fahnen beschmückt. Ein nasskalter Herbstwind fegt durch die Gassen und die Menschen verziehen sich rasch in Cafés und Bars. Die Taxis haben Hochbetrieb. Die Fahnen der Mitgliedsländer der Europäischen Union flattern im Wind, so als wollten sie wegfliegen. Auf dem Vorplatz spiegeln sich Straßenlaternen und Fahnenmasten in der nassen Pflasterung wider. Hinter beleuchteten, schmucklosen Fenstern arbeiten tausende unsichtbare Menschen ameisengleich an anonymen Akten und Entwürfen und bewegen Berge von Papier.

Ich stehe am windigen Vorplatz und suche meinen Presseausweis. Nur schnell weg hier. Im nüchternen Bürotempel ist es angenehm windstill. Ich fülle meinen Besuchsantrag aus und laufe durch den Sicherheitscheck. Sakko ausziehen, Handy, Schlüssel, Münzgeld, Brieftasche und Hosengürtel in die Plastikbox. Elektronisches Screening bestanden. Langes Briefing mit Abgeordneten des Europäischen Parlaments in einem großen, kahlen Raum mit Mikrofonen, Kopfhörern und Kabinen für Simultanübersetzungen.

Wieder einmal viele Erklärungen auf Englisch und viel Papier auf Deutsch. Wieder einmal „more of the same". EU-Stabilität, alles wie immer.

Ich stolpere über Baustellen. Im Europaviertel wird immer gebaut. Brüssel wird nie fertig. Angenehm sind in dieser Stadt die vielen kleinen Restaurants, Pubs und Cafés. Auch das Bier und das Essen sind vorzüglich, wie heute Mittag im „L'Atelier". Aber sonst?

Erst am „Grande Place" fühle ich mich wieder richtig wohl. Ich sitze im „Che Flo" mit holländischen Kollegen, trinke belgisches Bier, sehe hinaus auf den großen Platz im nächtlichen Regen und beobachte den Kampf der Passanten mit ihren Regenschirmen im stürmischen Brüssel. Jeden Moment wird die Show hier beginnen; morgen, in der Presselounge des Agrarministerrates, werde ich wieder voll konzentriert sein und übermorgen gibt es wieder ein Stelldichein mit dem angedorrten Kuhdreck im Stall. Hoffentlich bin nicht nur ich locker geworden.

EIN FREUND HAT MIR erzählt, dass man auch mit Solarstrom heizen kann. Der ganze Kuhdreck könnte bleiben, wo er ist und wir hätten es trotzdem warm. Ei, das wäre schön. Irgendwann könnten wir dann den Stall in aller Ruhe aufräumen und alles von Grund auf sanieren.

Als Josef, mein handwerklich talentierter Nachbar, die Tür öffnet und seine Flecks startet, ist alles wieder anders. Dem feuerverzinkten Boxengeländer des Stalles geht es an den Kragen. Die alten Steher wehren sich zäh. Josef und ich schlucken eine Menge Stahlfunken, Lärm und Staub, bis alle Steher wie abgemähte Grashalme am Boden liegen. Ich denke kurz daran, wie sehr wir uns damals gefreut haben, als der neue Stall eingerichtet wurde. Er entsprach dem modernsten, das es in dieser Zeit auf dem Markt gab. Wir waren damals ziemlich stolz darauf gewesen. Jetzt vernichte ich es und räume das weg, was meine Vorfahren in der festen Überzeugung erbauten, das es auch mich überdauern wird. Dafür wählten sie die damals beste Technik und die besten Materialien. Alles nur Illusion.

Unsere Zeit ist gnadenlos eitel und verträgt nichts, was die Zeit überdauert. Das Langfristige wird niedergemacht, weil die kurzlebige Technik es anders verlangt. Aber es ist auch für den Stall eine Chance, sich wieder von seiner besten Seite im neuen Kleid zu zeigen, deshalb sollte er sich nicht so an den verdammten Kuhmist klammern und mir das Aufräumen nicht so schwermachen. Andererseits, so fällt mir ein, heizen sie in südlichen Ländern mit getrocknetem Mist. Der angedorrte Mist würde ein ordentliches Feuer entfachen. Der störrische Stall sollte sich also nicht zu sicher sein.

AMSTERDAM. ES IST ANGENEHM, die Arbeit am Stallumbau unterbrechen zu können und wieder weg zu sein. Zumindest diesmal. Ich bin den zweiten Tag in Amsterdam und es regnet den dritten Tag ununterbrochen. Diesen armen Leuten entlang der Grachten müssen Schwimmhäute zwischen den Zehen wachsen. Ein Schuss Mitleid ist durchaus angebracht.

Den ganzen Tag verbringe ich außerhalb der Stadt in einem Seminarhotel mit niederländischen, italienischen und österreichischen Experten des landwirtschaftlichen Bildungswesens. Seminare sind noch das Vernünftigste, das man bei diesem Sauwetter besuchen kann. Lasst uns über Bildung reden; über die Fort- und Weiterbildung – und lasst uns einkehren bei der Einbildung, der ausgeprägtesten Form der Bildung. Sie ist allen geläufig. Jeder ist der Größte. Jeder denkt, er ist ein Champion, daher ist er ein Champion. Jeder glaubt, er ist etwas Besonderes, daher ist er etwas Besonderes. So bastelt sich jeder sein vom Marketing gepredigtes Alleinstellungsmerkmal, kombiniert es mit geschickter Inszenierung und fertig ist der Star. Auch die Einbildung braucht ihre Bildungsinhalte.

Die Unterschiede und Herangehensweisen in der Ausbildung in diesen Ländern sind beträchtlich. Wo gibt es Gemeinsamkeiten? Was sollte vereinheitlicht werden? Oder ist nur jeder für sich intelligent und die anderen Deppen? Dazu braucht es bis morgen einige Antworten. Die Landwirtschaftsdirektion der Europäischen Union interessiert sich dafür. Die Diskussion verlangt eine Menge Kaffee und innere Einkehr. Der Spruch, den Seinen gibt es der Herr im Schlaf, ist nur ein Gerücht.

Ein Beamter der Generaldirektion wird morgen extra von Brüssel hierher nach Amsterdam reisen und seine Vorstellungen der Presse präsentieren. Schließlich wachsen Äpfel und Getreide, mästen sich Schweine und Geflügel in allen Regionen nach ziemlich den gleichen Regeln. Warum sollte dann die landwirtschaftliche Ausbildung nicht angeglichen werden? Oder sind die Österreicher frühreifer als die Italiener und die Niederländer Spätbegreifer? Darüber diskutieren wir heftig und schon ist es endlich Abend. Der Regen hat aufgehört und es hat freundlicherweise aufgeklart.

Wieder zurück in der Stadt, suchen wir uns ein Steakhouse und loben die Rinder Hollands, die nicht nur vorzüglichen Käse, sondern auch würziges Fleisch zur Verfügung stellen. Derart mit Köstlichkeiten vollgestopft, kommt die Idee einer Tour durch Amsterdams Rotlichtviertel gerade recht. Ein kleiner, angenehmer Kalorienabbau ist durchaus wünschenswert. Der Vorschlag wird einstimmig angenommen.

Die Schönsten der Schönen räkeln sich in ihren Auslagen. Interesse wird geweckt. Informationen werden eingeholt, aber wie immer, wenn man mit Italienern unterwegs ist, weiß man nicht, wie das endet. Bruno, unser italienischer Romeo, schmachtet vor jeder rosaroten Julia, bis die ganze Gasse rebellisch wird. Fenster in den oberen Stockwerken werden geöffnet, italienische Liebeserklärungen fliegen hin und her und zisch landet zur Abkühlung ein Eimer Grachtenwasser auf unseren Freunden aus Italien. Das war's. Romeo wischt sich die nassen Haare aus den Augen. Lautes Gelächter hüben wie drüben. Abgekühlt wie die begossenen Pudel ziehen wir ab.

Am Morgen steht sie dann da. Rotes, knappes Kostüm, üppiges Dekolleté, rote High Heels, silberfarbiger Apple-Laptop, pralle rote Lippen. Unser Beamter aus Brüssel. Wie soll man da jemals zur Ruhe kommen?

DIE DICHT HÄNGENDEN ZWETSCHKEN kitzeln meine Lippen und ich schnappe einfach zu. Ich bin wieder zurück. Höchste Zeit. Ich beiße diese blauen Perlen direkt von Baum. Kern und Stil spucke ich aus. Das ist meine Art von Erntevergnügen. In solchen Momenten vergesse ich den Stall, mein Problem mit der Heizung, die Aufregungen von Amsterdam und den Umbau mit all seinen Verirrungen.

Ende August reift in Oberrettenbach 33 die beste Zwetschke der Welt, die Hauszwetschke. Das ist eine robuste Zwetschkensorte, die nicht nach Pflanzenschutz und Dünger schreit und im Herbst kleine, wohlschmeckende Früchte liefert. Jedes zweite Jahr sind die Bäume zottelig voll. Danach ruhen sich die Bäume ein Jahr aus, um ihre Besitzer im Jahr darauf wieder mit blauen Früchten zu überschwemmen. So machen die das. Ausruhen und dann wieder „voll Power". Das gibt das einmalige Aroma. Daraus brennen die Bauern der Gegend im Winter ihren berühmten Zwetschkenschnaps. In den Küchen duftet es in diesen Wochen nach Zwetschkenauflauf, Zwetschkenbowle, Zwetschkentascherln, Zwetschkenstrudel, Zwetschkenfleck, Zwetschkenknödel und Zwetschkenmarmelade. Dazu kommen alle anderen Köstlichkeiten, die gute Köchinnen und Köche aus diesen herrlichen blauen Früchten zaubern.

Ich stehe auf der Leiter. Die dürren starren Äste zerkratzen mir beim Pflücken den Unterarm. Mein Eimer und mein Magen sind voll mit blauen Zwetschken. Ich schmatze und spucke Zwetschkenkerne in die Wiese, blinzle gegen die Sonne und genieße den Ausblick über den Hügel hinauf zu den blauen Bergen am Horizont. Das ist das Schöne an der Erntezeit. Alles ist wirklich reif und man kann es noch eine Zeitlang auf dem Baum konservieren und noch süßer werden lassen. Und es gibt keine Kasse, vor der man sich anstellen muss und die kassiert.

Chris und ich haben uns abgesprochen. Heute Abend gibt es kaltes Zwetschkenmus mit heißer Polenta und als Abschluss Zwetschkenbowle. So schmeckt es am Besten. Die Abende sind noch mild genug, um auf der Terrasse zu sitzen, vor sich eine dampfende Schüssel mit heißer Polenta, daneben eisgekühlter Zwetschkenmus. Zuerst die heiße Polenta auf den Teller und darüber das kalte Zwetschkenmus; Zucker und Rosinen nach Belieben. Ein Gericht für die Götter. Ich schlucke beim Gedanken daran und steige von der Leiter. Mein zweiter kleiner Eimer ist voll. Einer für Chris, der zweite für die Nachbarin. Der Herbst lehrt mich Großzügigkeit. Er versorgt uns, Katrin und Klemens und einige Freunde täglich mit dem Besten aus der Natur. Mit zwei vollen Kübeln schlendere ich zwischen den Bäumen über die Wiese und freue mich auf den Genussabend auf der Terrasse.

Aber statt der Nachbarin kommt der Nachbar und statt Zwetschkenbowle mit Polenta gibt es Zwetschkenschnaps mit Bier. Ein Tausch, der mir zusetzte ...

ASHFORD/KENT. MIT EINEM BRUMMSCHÄDEL reist es sich schlecht. Bitte, bitte keine lauten Durchsagen im Flugzeug und einen ruhigen Fensterplatz möglichst weit weg von den Triebwerken. Es regnet seit meiner Ankunft in London und die ganze Fahrt heraus nach Westwell in der Nähe von Ashford in der Grafschaft Kent. Der ganze Charme von Kent ist beim Teufel, alles wirkt düster und niedergedrückt. Alles tropft und rinnt. Auf dem geschotterten Hofgelände der Milchfarm von Mister Hook stehen große Regenpfützen, dazwischen aufgeweichter Kuhmist und Erde. Es ist unmöglich, beidem auszuweichen. Ich laufe im strömenden Regen vom Auto unter das Dach einer Scheune. Die Scheunen für die Maschinen und das Heu und das Stroh sind äußerst einfach und kostengünstig, fast schlampig gebaut. Draußen auf der Weide grast eine Herde Schwarzbuntkühe mit dicken Eutern, ihr durchnässtes, glänzendes Fell sieht aus wie neu, mit schwarzer und weißer Farbe gestrichen.

Ohne Regenschirm, nur mit einer typisch englischen Mütze und einer grauen Jacke bekleidet, schlendert Mister Hook ruhig über den Hof und bittet mich ins Haus. Diese englische Unaufgeregtheit und Gelassenheit imponiert noch immer. Es ist ein altes, typisch englisches Farmhaus wie auch viele andere hier in Kent. Man bekennt sich zu Alter, Tradition und Herkunft und ist stolz darauf. Der Türrahmen und auch die Decke im Haus sind niedrig und man zieht unwillkürlich den Kopf ein. Mit meinen nassen, verdreckten Schuhen habe ich Hemmungen, über den dicken Teppich ins Wohnzimmer zu treten. Mister Hook sagt: „Come in" und schreitet mit seinen grünen Gummistiefeln über den Teppich Richtung Kamin. Er bittet mich in einem der beiden alten, teilweise geflickten, aber noblen Ledersessel vor dem beheizten Kamin Platz zu nehmen. Das Feuer knistert und verströmt eine wohltuende Wärme. Er legt seine Mütze auf den mit Klinker gemauerten Kaminsims, stellt zwei Whiskygläser und eine halbvolle Flasche auf den kleinen Tisch und sagt: „Welcome. It's cold today." Wir stoßen an, und er erläutert mir seine Sicht des globalen Milchmarktes und welche Strategie er verfolgt, um erfolgreich zu bleiben. Mister Hook ist nicht nur kühler Geschäftsmann und Gentleman, sondern auch hoher Funktionär der Milchfarmer der Grafschaft Kent. Milch, meint er, ist ein simples Produkt: 90 Prozent Wasser, 4 Prozent Fett, 3 Prozent Eiweiß und der Rest Spurenelemente. Das können alle Kühe auf der Erde so. Die Kunst ist, daraus etwas Besonderes zu machen. Wir können das, fügt er selbstsicher hinzu.

Ach, diese coolen, selbstbewussten Engländer. Sie haben Haltung und Würde, auch wenn sie voll danebenliegen.

DIE SPÄTNACHMITTÄGLICHE SEPTEMBERSONNE SCHIESST ihre Strahlen von unten nach oben über den Hügel und taucht die alten Bäume und Gräser in ein rötliches Gelb. Nach dem verregneten Tagen in England und dem Slalomlauf durch die Wasserpfützen der Grafschaft Kent erfreue ich mich an jedem Sonnenstrahl. Chris und ich stehen da und sehen staunend den letzten Schwalben zu, wie sie sich auf den Leitungsdrähten zur Abschiedsparty treffen, ihre Gefieder spreizen und sich an den letzten Sonnenstrahlen wärmen, bevor sie sich auf ihre unsichere Reise über den Kontinent nach Afrika aufmachen. Auch die Schwalben reisen, weil das ihrer Art entspricht.

Früher konnte ich manchmal noch mit Orten und Städten wie Singapur, New York, Jerusalem oder Kairo einem Zuhörer ein Staunen entlocken. Die einzige Voraussetzung war, sie mussten weit entfernt sein und beim Zuhörer eine Saite zum Schwingen bringen. Aber diese Art von Spielchen ist längst vorbei. Ein guter Augenblick oder eine großartige Welle des Glücks ist im fernen Alaska nicht großartiger als im Obstgarten in Oberrettenbach 33. Aber das kann man erst wissen, wenn man beides kennt. Deshalb schwimmt der Lachs von seinen Heimatgewässern hinaus in den Ozean auf Wanderschaft, um Süßwasser und Salzwasser kennen zu lernen und um zu erfahren, dass beides Lebensquell ist. Aus dem gleichen Grund verlassen jetzt die Schwalben dieses Paradies aus Zwetschken, Birnen, Nüssen und Weintrauben in Oberrettenbach 33.

Die nächsten Tage und Wochen werde ich bleiben und dieses paradiesische Gefühl genießen, ernten und für die Leckereien im Winter vorsorgen. Von jedem Baum und von jedem Weinstock will ich kosten und essen, so wie es mir gefällt. Nirgendwo eine Plastiktüte oder eine Waage oder eine Kassa zum Anstellen, kein Gedränge, keine Lautsprecherdurchsagen, keine Hintergrundmusik, keine Werbung – nur übermütiges Erntevergnügen und milde Septembersonne. Dazu ein wunderbarer Ausblick auf die blauen Berge im Norden mit ihren markanten Kerben und Profilen. So lässt sich's leben. Chris und ich setzen uns auf den alten Baumstumpf und lassen die Dämmerung auf uns zu kommen.

Für morgen ist der Bagger bestellt. Die Umbauarbeiten am Stall beginnen. Um sechs Uhr Tagwache, um sieben wird der Bagger da sein. Das ist für mich so, als hätte jemand meinen Hinrichtungstermin festgelegt. Ich hasse Bagger, Zement und Beton.

Es war eine unruhige Nacht mit Träumen von Baggern, nicht eingehaltenen Terminen und von Heizungen, die nicht funktionieren. Ich habe es nicht gern, wenn unaufschiebbare Termine auf mich zukommen. Sie engen mich ein, drängen mich in eine Ecke und nehmen mir meine Freiheit. So gesehen ist es nicht verwunderlich, wenn ich schlecht schlafe und seltsame Träume habe. Als ich dann irgendwann in finsterer Nacht auch noch vom Regen, der auf das Dach prasselt, geweckt werde, ist es mit meinem Optimismus bezüglich des Umbaus endgültig vorbei. Jetzt auch noch Regen, Dreck, glitschige Gummistiefel und nasse Schaufelstiele. Oh Gott!

Um sechs Uhr stolpere ich aus dem Haus. So zeitig am Morgen gibt es nur wenig Tageslicht um diese Jahreszeit. Der Regen hat aufgehört und von Westen her klart es auf. Es kann also doch noch ein vernünftiger Tag werden. Gegen acht Uhr kommt der Bagger, ein kleines, zartes Ding, das sich schlank durch die schmale Stalltür schiebt, aber mit dem Beton seine liebe Not hat. Für den Fahrer muss das wie Rodeoreiten sein: auf und nieder und hopp, aufbäumen und seitlich kippen. Zum Glück bleibt der Reiter im Sattel. Nach vier Stunden ist es geschafft. Der Beton ist zerbröselt. Was eine Generation vorher mit viel Mühe und Schweiß geschaffen hatte, hat die Generation danach zertrümmert. Wie viel Freude mögen Johann und Margarete nach all der Plagerei beim Anblick des neuen Stalles – des modernsten und besten Stalls, den man zu dieser Zeit haben konnte – empfunden haben? Welche Genugtuung nach den langen Tagen der Schinderei? Was für herrliche Stiere haben sich hier gemästet, braune, schwarze, gescheckte, sanfte und wilde Teufel. Alles war stabil mit Ketten, Gurten und ausreichend Futter. Jetzt ist alles anders und es ist wieder ein ganz gewöhnlicher Raum. Das einzige Beständige ist die Veränderung.

Zur Feier des Tages trinke ich mit dem Baggerpiloten ein Bier am Vormittag. Anschließend helfe ich ihm, seinen Bagger am Autoanhänger festzuzurren und winke ihm ein herzliches Tschüss hinterher. Bald bin ich wieder mit Schaufel und Krampen zurück am Ort der Verwüstung. Gegen Abend wird der Rollschotter kommen und das Eisen und morgen werde ich fünf Tonnen Schotter in den Stall karren, auseinanderziehen und eine ebene Fläche für das Stahlbaugitter vorbereiten. Meine Muskeln werden sich straffen, meine Finger klobiger werden und mein Bauch wird sich verstohlen ins Hemd zurückziehen. Und am Ende des Projektes werden sich meine Freunde fragen, ob der Kerl sein Fitnessstudio gewechselt hat.

BETON BESTELLT. MIT HEIMO Baustelle besichtigt. Betonanlieferung koordiniert. Mit dem Maurer Termin vereinbart. Betonrüttler beauftragt. Getränke im Keller gekühlt. Handschuhe und Gummistiefel in Bereitschaft. Reservehemd im Auto. Alles ist vorbereitet.

Ich sitze im Schatten der Pergola und kontrolliere noch einmal meine Checkliste. Alle wichtigen Positionen sind abgehakt. Ich entspanne mich. Die Weintrauben hängen dicht und üppig von der Pergola und in wenigen Tagen werden sie vollends reif sein. Ich telefoniere kurz mit der Redaktion. Die Tickets für Kanada sind am Flughafen hinterlegt. In einer knappen Stunde wird Heimo hier sein und mit seinem Dampfstrahler das Finale des Umbaus einläuten.

ICH BIN WIEDER IM Stall und durch die offenen Fenster zieht frische Septemberluft. Abbruchbeton und Rollschotter haben den alten Schwemmkanal verschwinden lassen. Der Boden ist wieder planiert und Heimo, ein Freund, lässt den Dampfstrahler über die Wände und Decke sprühen, um den jahrzehntealten Stallmief für immer wegzuspülen.

Nachmittags kommt Werner, der Maurer. Wir ziehen uns Gummistiefel über, um besser im Beton waten zu können und verlegen zur Verstärkung des Betons noch zusätzlich Eisen. Wenig später steht der erste Betonmischwagen vor dem Haus und pumpt seine graue Sauce auf Eisen und Schotter. Schweiß tropft. Das Hemd klebt an Brust und Rücken. Bevor der nächste Betonmischer anrauscht, gibt es eine kurze Trinkpause mit Mineralwasser und Apfelsaft.

Der Beton muss gleich gerührt werden, das Eisen angehoben, gerüttelt und glatt gestrichen werden. Am späten Nachmittag ist es geschafft. Der Stall hat einen neuen Boden und ist nun kein Stall mehr, sondern ein Heizraum. Und am Montag, wenn alles abgetrocknet ist, wird Heimo, während ich schon nach Kanada unterwegs bin, die Wände weißen, und kein Betrachter wird ahnen, dass das hier einst das Wohnzimmer für Stiere und Kälber war ...

AM ABEND SITZEN WIR mit Heimo und Werner auf der Terrasse, essen Schweinsbraten mit Knödel und feiern das gelungene Werk. Jetzt bleiben noch ein paar Tage, bevor ich wieder nach Kanada aufbreche, um mit dem Heizungsinstallateur die letzten Details durchzugehen und auszuspannen.

Time out. Das klingt so einfach, als könnte man die Zeit abstellen. Ganz nach dem Motto: Ich gehe jetzt kurz aus der Zeit und schalte sie, wie den Fernseher, aus. Tatsächlich ist es aber so, wenn ich A abschalte, schaltet sich stattdessen B ein. In Wirklichkeit ist es also nur ein Um- und kein Abschalten. Zeit funktioniert wie ein Kreisverkehr. Du kannst weiter im Kreis fahren oder eine x-beliebige Ausfahrt nehmen, aber du bleibst Verkehrsteilnehmer. *Time-in* oder *Time-out*: Ich bleibe immer Zeitteilnehmer.

Deshalb will ich die Zeit nützen und den Hühnerstall weiter ausbauen. Es braucht einen Rundumverbau mit Brettern und dichten Fenstern für den Winter sowie neue Nester. Auch die Hühner sollen es gut und warm haben, so wie wir mit der neuen Heizung. Nach dem Bier holen wir uns noch etwas Wein und ziehen uns wärmende Westen über, obschon es vernünftiger wäre, mich für Kanada abzuhärten.

HUNTSVILLE/ONTARIO. ES IST SPÄTER Nachmittag in Montreal, als ich endlich im Hotel ankomme. Ein Budweiser Pils, eine Pizza im „Pizza Hut", und dann ab ins Bett. Ich bin geschlaucht. Am frühen Morgen holt mich Jakob, ein Schweizer Immobilienmakler, der von Montreal aus den kanadischen Markt betreut, am Hotel ab. Sein siebensitziger Chrysler ist mit französischen und Schweizer Forstinvestoren besetzt. Nach einer kurzen gegenseitigen Vorstellung starten wir hinauf in Richtung Huntsville. Wir diskutieren über die Forstsituation in Kanada, über den Holzmarkt und landen bei englischen Witzen. Ottawa, die Hauptstadt Kanadas, umfahren wir. Mit einem Tankstopp und zwei kurzen Kaffeepausen versuchen wir, so viele Kilometer wie möglich zu machen. Die Fahrt zieht sich über schnurgerade Highways und verlangt nach dem langen Flug viel Disziplin von mir. Endlich, gegen drei Uhr nachmittags, erscheint das Ortsschild von Huntsville im aufkommenden Schneegestöber.

Huntsville ist eine Kleinstadt, nördlich von Ottawa gelegen. Ein kalter Wind treibt Schneewolken von der Hudson Bay über die Häuser von Huntsville. Wir holen unsere Jacken aus dem Kofferraum und steigen in den Kleinbus des örtlichen Forstmanagers um, der uns in den Wald hinausbringt, den er uns zeigen will. Es ist ein Wald, wie es ihn in Oberrettenbach nicht gibt. Hauptsächlich wachsen hier Birken, Pappeln und Espen. Die Investoren aus Europa sind enttäuscht. Ein Pappelwald ist für sie keine Option. Für Morgen ist ein Helikopter bestellt, dann geht es weiter hinauf in den Norden, wo wieder Fichten zu Hause sind. Das Schneegestöber ist in ein leichtes Nieseln übergegangen und der Wind plätschert lau durch die Blätter der Espen.

Zurück in Huntsville, bekomme ich das beste Hotelzimmer, das ich je in Kanada bewohnte. Es ist ein wunderbar großes, geradezu verschwenderisches Zimmer, und das Restaurant bietet hervorragende Steaks. Später, im angrenzenden rustikalen Schuppen neben dem Hotel, steigt ein Westernabend mit erstklassiger Western- und Country-Musik. Einige ausgewanderte Schweizer und österreichische Familien sitzen an den Tischen und bemühen sich, das Neueste aus ihrer alten Heimat zu erfahren. Mädchen mit Cowboyhüten stehen am Tresen. Ich tanze einige Runden, trinke Budweiser und höre viel über das einsame Leben hier und dass es mit jedem Kilometer weiter nach Norden immer einsamer wird. Fehlt nur noch eine Postkarte von einem versprengten Trapper mit herzlichen Grüßen von den Eisbären an der Hudson Bay.

„DIE HÜHNER STREIKEN. JEDEN Tag liegen nur zwei Eier im Nest. Das reicht gerade für das Frühstück", mailt mir Chris. Aber vielleicht legen sie auch irgendwo versteckt im langen Gras, weil die neuen Nester noch nicht fertig sind? Freie Hühner entscheiden das selbst. Trotzdem ist es nicht ganz gerecht, schließlich füttern wir sie. Der Nachwuchs macht sich gut. Die gelben kuscheligen Küken sind über dem Sommer groß geworden. Unsere Frühstückshoffnungen ruhen auf ihnen.

Ich liebe unsere Hühner und den stolzen Hahn, auch wenn sie derzeit scheinbar Besseres zu tun haben als Eier zu legen. Das ist ja eine der wunderbaren Eigenschaften, die freie Hühner auszeichnet, dass sie immer beschäftigt sind. Sie scharren und picken, sie kratzen und flattern, sie stolzieren und beobachten, sie singen und krähen. Egal in welchem Land der Erde ich auf meinen Reisen freien Hühnern begegnet bin, sie sind überall auf die gleiche erstaunliche Weise unbekümmert und sie sprechen im dichtbesiedelten Japan die gleiche Sprache wie im hitze-flimmernden Süd-Sudan. Sie leben überall die Kultur von freien Hühnern. Wenn ich daran denke, welche Mühe wir Menschen haben, uns auf Sprache und Kultur von unter-schiedlichen Ländern einzustellen, gehört das wohl mit zu den erstaunlichen Einrichtungen der Natur, zum Plan des großen Geistes oder was immer.

Auf jeden Fall habe ich Respekt vor meinen gefiederten Freunden. Sie sprechen alle Hühnersprachen. Sie brau-chen keinen Dolmetscher. Sie wissen immer, was zu tun ist, und sie tun es in völliger Gelassenheit und frei von jeder Stimmungsschwankung. Freie Hühner haben ei-nen souveränen Umgang mit ihrer Freiheit; sie sind stolz, selbstbewusst und zielgerichtet. Beobachten Sie freilaufen-de Hühner auf einem Bauernhof. Sie werden staunen.

Nur ihrer Flugunfähigkeit und ihrer kleinen Köpfen we-gen sollten wir Hühner nicht unterschätzen. Große Köpfe allein sind noch kein Zeichen von Intelligenz, wovon sich schon jeder überzeugen konnte. Sonst wären die größten Hüte Deckel für die intelligentesten Ausbuchtungen mit Nasen und Ohren. Auch Tauben im Stadtpark sind für Hühner kein Gradmesser. Tauben sind nur gierig nach Futter, aufgeregt, stressig und flatterhaft. Es muss ein au-ßergewöhnlich talentierter Werbeguru gewesen sein, der den Tauben ihr Lieblichkeits-Image verpasst hat …

WOODBRIDGE/ONTARIO. AUF DER MAPLE Farm haben sie keine Hühner. Dafür ist der Name der Farm in großen weißen Lettern auf das rote Dach gepinselt: Maple Farm. Ein Name, der im weltweiten Zuchtgeschäft mit Embryotransfers einen guten Klang hat; etwa so wie das San-Siro-Stadion in Mailand oder das Bernabéu-Stadion in Madrid für die Fußballfans. Im Mittelpunkt steht die Wunderkuh, die kaum noch Gras frisst, dafür aber schier unbegrenzt Milch sprudeln lässt.

Jetzt stylen sie hier Kühe für die *Royal Agricultural Winter Fair*, der größten Landwirtschaftsmesse Torontos. In eigenen Boxen werden die Tiere gewaschen, geföhnt, gestriegelt, frisiert und die Hufe lackiert. Jede Kuh ein Model. *Cow-Dresser* ist ein ernsthafter Beruf. Überall laufen aufgeregte junge Mädchen und Burschen mit großen Cowboyhüten durch die Halle, organisieren Heu- und Strohballen, parken schwere Autoanhänger am Vorplatz, entladen und beladen und treiben knochige, schwarzbunte Kühe mit riesigen Eutern an blauen Kunststoffstricken. Die Kühe steigen auf eine besondere Art, schwerfällig gespreizt, als hätten sie einen Ballon zwischen den Hinterbeinen. Die großen, von dicken Adern umkränzten Euter machen den Kühen beim Gehen Mühe, bereiten aber ihren Züchtern viel Freude. Das zeigen auch die druckfrischen Zuchtkataloge, die sie mit dem Hubstapler hereinkarren. Ich schlendere durch das Gelände, sehe die überdimensionalen Maschinen, Gäste, Interessenten, Käufer und Verkäufer, fotografiere und notiere, spreche mit Farmern und erlebe *big agricultural business*. Japaner, Russen, Chinesen und europäische Spitzeninstitute kaufen hier ein. Überall auf der Welt brauchen Züchter bestes Genmaterial. Eine ganze Armada an Genetikern ist weltweit unterwegs, um die Wunderkuh oder den Wunderbullen zu finden und damit das große Geld zu verdienen. Sie benehmen sich wie Fußballscouts auf der Suche nach den Stars von morgen.

Jetzt grasen sie Ontario ab und ich beobachte sie dabei, wie sie Kühen an die Zitzen greifen.

UNSERE HÜHNER IN OBERRETTENBACH 33 betrachten die Tauben nicht einmal als entfernte Verwandte. Im Gegenteil, fliegt eine Taube im Tiefflug über den Hof, warnt der Hahn seine Hennen mit einem kurzen Warnruf vor dem dummen Eindringling. Sicher ist sicher. Besser einmal zu viel gewarnt, als später um eine Freundin getrauert. Auch das ist Hühnerweisheit. Und schließlich will der Gockel natürlich auch seine Wichtigkeit zeigen, wie alle anderen Gockeln auch. Immer wenn ich in seine Nähe komme, bleibt er demonstrativ stehen, flattert mit seinen Flügeln und schreit sein Kikeriki so laut, das mir die Ohren gellen. Der Chef hier bin ich, soll das wohl heißen. Damit das klar ist: Kikeriki.

Unsere Hühner sind, außer beim Eierlegen, verlässliche Partner. Sie ziehen sich zur taghellen Zeit, wenn Nachtmenschen wie ich erst ihre normale Betriebstemperatur erreichen, zur Nachtruhe zurück und flattern frisch und ausgeruht von ihren Stangen, wenn draußen die Morgendämmerung über den Hügel schleicht und unsereins in der besten Tiefschlafphase durch das Land der Träume segelt. Ich sehe das als sinnvolle Arbeitsteilung. Unsere Hühner arbeiten schon, während wir noch schlafen, und am Abend ist es genau umgekehrt. Damit ist auf unserem Hof immer für Leben gesorgt, eine Art Schichtbetrieb mit klaren Regeln ohne gewerkschaftliche oder sonstige Zwänge und ohne Bürokratie. Was die Hühner in den Mist kratzen, ist für unsereins nicht lesbar, und umgekehrt ergeht es den Hühnern genauso mit einem Buch im Hühnerstall: Darauf gacksen sie. Das ist das eigentlich Spannende in dieser vertragslosen Hühner- Mensch-Beziehung: sie funktioniert nonverbal. Die Hühner bekommen ihr Futter und sie legen dafür Eier. Eine Art Geschäftspartnerschaft im Schichtbetrieb. Und wenn sie keine Eier legen wie jetzt, bekommen sie trotzdem ihr Futter in der Hoffnung, dass sie bald wieder Eier legen. Da können sich Wirtschaftsbosse etwas abschauen. Gebt den Hühnern Hoffnung und sie legen wieder. Glaubt an eure Eier.

Montreal – Saint-Norbert/Quebec. Montreal ist eine bezaubernde Stadt, besonders im Herbst. Wie ich überhaupt Kanada im Herbst liebe. Es ist wie der Spaziergang durch einen Garten mit blühenden Blättern. Was der Frühling mit den Blüten schafft, kreiert der Herbst mit den Blättern. Alles ist bunt und grell. Vom zarten Gelb über wallendes Orange bis zum flammenden Rot reicht die Farbpalette der Parks und Wälder, die mir begegnen. In diesem Punkt lässt Montreal Oberrettenbach blass aussehen.

Ich drehe eine Runde oben am Hügel des Mount Royal auf der Insel Île de Montréal und sehe hinunter auf die Stadt. Der mächtige St. Lorenz-Strom fließt träge und breit und ist sich seiner Bedeutung für die Stadt bewusst. Montreal ist an diesem Sonntagmorgen fast ausgestorben. In den Vorgärten der alten Bürgerhäuser liegt das erste bunte Laub des Jahres. Auf den Highways sind die Elchjäger mit ihren Pkw-Anhängern zu ihren Jagdgründen unterwegs, um sich einen Fleischvorrat für den langen Winter zu schießen. Die grelle Buntheit des *Indian Summer* ist wie ein optisches Warnsignal, das dazu auffordert, sich auf den kommenden strengen Winter vorzubereiten.

Unten am alten Hafen esse ich eine Portion Fish and Chips. Vom St. Lorenz-Strom her durchwirbelt eine frische herbstliche Brise mein Haar. Der Shuttlebus der Brooks Farm bringt mich hinaus zur Jungrinderversteigerung. Die Brooks Farm in Saint-Norbert liegt etwa eine Fahrstunde nordöstlich von Montreal. Rinderversteigerungen direkt auf der Farm sind in Kanada populär. Die Partyzelte sind dicht belagert und an den Tresen stapeln sich die Versteigerungskataloge. Feiner Rauch kräuselt gegen den blauen Herbsthimmel und es duftet nach Hamburgern und Bratwürsten und Zwiebel. Das große Versteigerungszelt neben dem imposanten, aus Steinen errichteten, französisch anmutenden Farmhaus füllt sich. Große Cowboyhüte dominieren die Köpfe. Es wird gelacht, begrüßt und beküsst, bis der Moderator, pünktlich zur vorgegebenen Zeit, das Mikrofon ergreift.

Der Geschwindigkeit des Stakkatos der Versteigerung kann mit österreichischen Ohren kaum gefolgt werden. Es ist ein eigentümlicher, rasend schneller Singsang, eine Mischung aus Rap und meditativem Gebet. Die Zuschläge an die Käufer erfolgen schnell, ohne dass das breite Publikum es mitbekommt, wer als Käufer zugeschlagen hat. Es ist die Hoch-Zeit der weltweit tätigen Zuchtspekulanten. Das Geschäft läuft gut und Mister Brook gibt mir ein Interview. Gegen Abend schlendere ich abseits des Rummels, blicke hinaus auf das weite Land und vergleiche es mit der Kleingliedrigkeit von Oberrettenbach. Diese Weitläufigkeit und Großzügigkeit Kanadas fasziniert mich, seit ich als junger Bursche dieses Land zum ersten Mal bereiste. Wenn Anton ein Kanadier gewesen wäre, anstatt am Isonzo zu kämpfen, und Johann ausgewandert wäre, anstatt für Hitler seinen Kopf hinzuhalten, wäre ich womöglich ein überzeugter Kanadier geworden. Eine vertane Chance – irgendwie schade für Kanada.

Der Shuttle bringt mich zurück nach Montreal. Um 21.00 Uhr bin ich am Airport und fliege mit der Abendmaschine weiter nach Westen, nach Calgary.

WÜRDE ANTON HEUTE KURZ vom Himmel in Oberretten-bach 33 einfliegen, wäre einer seiner ersten Feststellungen wohl die: „ Ihr habt ja keine Arbeit mehr. Was macht ihr mit der vielen arbeitsfreien Zeit?"

Die Mehrzahl von uns würde gegen diese einseitige Sicht protestieren. „Spinnt denn der Alte? Noch nie standen die Menschen so unter Druck wie heute. Wir laufen von morgens bis abends im Hamsterrad und die meisten davon am Limit. So schaut's aus."

Anton wäre mit dieser Rechtfertigung wohl nicht zufrieden. Er würde antworten: „Dann läuft bei euch einiges schief. Zu meiner Zeit konnten wir ein 100 mal 100 Meter großes Getreidefeld, also einen Hektar, zu fünft in dreißig Stunden – also insgesamt 150 Stunden – mähen, binden, aufstellen, aufladen, heimfahren, abladen, dreschen, absacken. Der Mähdrescher schafft das heute in einer einzigen Stunde. Was macht ihr mit den restlichen 149 geschenkten Stunden?" Anton würde nicht locker lassen, um uns unsere komfortable Situation bewusst zu machen: „Ihr bekommt durch eure Maschinen jede Menge Zeit geschenkt. Aber ihr wisst damit nicht mehr anzufangen, als das Zeitfenster wieder mit Arbeit zu füllen."

Anton wäre diesbezüglich mit Sicherheit ziemlich streng. Es ist genau das, wovon er zeitlebens geträumt hat: Zeit für sich zu haben. Seine Sehnsucht nach freier Zeit war groß gewesen, wurde ihm aber nie erfüllt. Er hatte keine Wahl gehabt.

Zu Antons Zeiten lebte man, um zu arbeiten. Und die meiste Zeit davon kämpfte man ums nackte Überleben. Deshalb würde er wohl weitere Fragen stellen:

„Was ergibt es für einen Sinn, immer effizienter zu werden, aber die eingesparte Zeit, statt zu leben, wieder mit Arbeit vollzustopfen? Freie Zeit, anstatt sie entspannt zu genießen, wieder angespannt hechelnd im Event-Dschungel zu verplempern und gleichzeitig über den Zeitmangel zu stöhnen, wie passt das zusammen? Wer oder was hat euch so verrückt werden lassen? Der Rinderwahn kann es nicht gewesen sein, die Viecher sind ja wieder ganz normal."

Mehr Zeit für sich zu haben, war Anton stets ein zentrales Anliegen gewesen, konnte aber nie von ihm gelebt werden. Auch das war ihm immer bewusst gewesen. Er verpackte seinen Traum von Freiheit in die Geschichte von Simon. Er erzählte sie mir oft, wohl um mir so Mut zu machen, meinen eigenen Weg zu gehen.

Anton hat immer gewusst, dass es da eine Ausgewogenheit geben muss zwischen Zuhause- und Fortsein, zwischen Routine und neuer Herausforderung. Mit seinem Spruch: „Wer immer nur daheim ist, versitzt sich, und wer immer nur läuft, verläuft sich", hat er mich auf diese Balance aufmerksam gemacht. Tatsächlich merke ich das auch an mir selbst, allerdings mit umgekehrtem Vorzeichen. Wenn ich weg muss, möchte ich zu Hause bleiben und wenn ich für längere Zeit daheim bin, juckt es mich wieder nach dem Unbekannten. Anscheinend gibt es auch dafür so etwas wie eine natürliche, ausgleichende Selbststeuerung. Zumindest bei mir. Jeder der beiden Pole, Fremdes und Vertrautes, verlangt nach Beachtung. Oberrettenbach 33 und die weite Welt sind nicht länger ein Widerspruch wie zu Antons Zeiten. „Da hat sich nur scheinbar was bewegt", würde Anton wohl sagen, „denn statt geradeaus läuft ihr jetzt halt im Kreis."

LETHBRIDGE I/ALBERTA. VON MONTREAL nach Calgary sind es rund 4.000 Kilometer, das sind vier Stunden mit dem Flieger oder vier Tage Fahrt mit dem Auto. Abflug am Abend in Montreal, Ankunft in der Nacht in Calgary und von Calgary nach Lethbridge, nahe der Grenze zum US-Bundesstaat Montana, noch einmal 210 Kilometer oder zwei Stunden über den nächtlichen Highway Richtung Süden.

Nur die Lichter der Autos auf dem Highway, sonst rundherum nur finstere Nacht. Jedes Mal empfinde ich so etwas wie Freude, wenn ich weit draußen in der Prärie die Lichter einer Siedlung erspähe. Manchmal muss man weite Wege gehen, um Außergewöhnlichem zu begegnen. In Oberrettenbach 33 ist es die Natur, die mich staunen lässt. Die lange Geschichte der alten Höfe. Die Geschäftigkeit der Hühner in Freiheit. Die Fürsorge der Bruthenne um ihre Küken. Das spielerische Lernen der Kleinen in der Kükenschule. Hier in Lethbridge sind es die weiten Ebenen und die faszinierende Gemeinschaft der Hutterer, die beeindrucken. Deren Geschichte, Durchhaltebereitschaft, Glaube und einfachen Lebensprinzipien zeigen einen eigenständigen, über Jahrhunderte gelebten Weg.

Die Hutterer sind Anhänger des Tiroler Wiedertäufers Jakob Hutterer, der 1536 in Innsbruck am Scheiterhaufen verbrannt wurde. Viele Jahrhunderte waren die Hutterer auf der Flucht, über Tschechien und Russland kamen sie im 19. Jahrhundert nach Kanada und in die USA und sind hier sesshaft geworden. Sie sind Pazifisten und lehnen den Kriegsdienst ab, nehmen die zehn Gebote und die Bibel wörtlich, pflegen noch immer ihre deutsche Sprache, kennen kein Privateigentum, haben viele Kinder und kaufen die besten Farmgründe. Das macht nicht gerade beliebt. Auch in Kanada nicht.

Sie leben zurückgezogen auf ihren meist großen Farmen in einer Gemeinschaft (Kolonie) mit maximal bis zu 125 Menschen. Werden es mehr, muss sich die Kolonie teilen. Aus diesem Grund halten die Hutterer immer Ausschau nach ertragreichen Farmgrundstücken. Welche Familie auf dem bestehenden Hof bleiben darf und wer in die neue Kolonie zieht, kann jeder Einzelne mitbestimmen. Kommt es zu keiner Einigung, entscheidet das Los.

Die Hutterer gönnen sich keine Genüsse. Die Freuden des Lebens sind für sie kein Lebenszweck. Deswegen gibt es weder Radio noch Fernsehen, Eislaufen oder Schwimmen. Das könnte dem Leben Freude bereiten, was aber nicht im Sinne der Hutterer ist. Die Freuden gibt es erst im jenseitigen Leben. Das Erdenleben dient nur dem Durchschreiten des irdischen Jammertales. Es ist Teil der hutterischen Läuterung.

Ihr größtes Problem ist die Inzucht. Da sich die heute lebenden Hutterer nur aus drei Familien begründen, sind die meisten von ihnen mehr oder weniger miteinander verwandt. Oft begegne ich hutterischen Männern und Frauen mit Behinderung, deren Ursache ein zu enger Verwandtschaftsgrad der Eltern ist.

Das Bett im Hotel in Lethbridge ist weich und hängt durch. Eine grauenvolle Nacht. Unausgeschlafen fahre ich am Morgen hinaus zur Farm der Hutterer. Sie freuen sich, wenn sie Besuch aus dem Land ihrer Urahnen bekommen. Und genauso fühle ich mich heute auch: uralt und urmüde.

Rosi, ein junges, unverheiratetes Hutterer-Mädchen, nimmt mich mit in das Gemeinschaftshaus und zeigt mir den spartanisch eingerichteten Speisesaal, der auch als Aufenthaltsraum dient. Hier wird, getrennt nach Geschlechtern, gemeinsam gegessen. Die Kinder haben eine eigene Nische. Im Raum stehen nur einfach gezimmerte Tische und Bänke und eine blechern wirkende Nirosta-Anrichte. Das ist alles. Kein Bild, kein Schmuck, keine Blume. Nichts.

Ich setze mich auf eine der leeren Bänke und denke, was würde Johann dazu sagen? Würde er hier, in dieser fruchtbaren Weite Albertas, Bauer sein wollen? Aber Johann zieht es vor zu schweigen. Vielleicht ist das ja auch eine Antwort.

FREUNDE SAGEN MIR, ICH hätte das „Bauern-Gen". Johanns Sicht dazu war immer ganz simpel. „Irgendwann", so meinte er, „waren alle nur Bauern, weil sich jeder selbst versorgen musste."

Es stimmt, ich mag mein Stück Land, die Pflanzen, Tiere und die Früchte, die ich ernte. Trotzdem frage ich mich, was das „Bauern-Gen" ist. Wenn ich es habe, dann müssten es nach Johanns Theorie Millionen andere auch haben. Irgendwie stammen wir alle von Bauern ab. Es braucht nur jeder etwas Ahnenforschung zu betreiben und schon lugt das „Bauern-Gen" gut getarnt aus seinem Versteck. Nach Johann sind wir also alle irgendwie Bauern. Wir laufen auf Almen, wandern durch Wälder, stolzieren durch Parks, gärtnern auf Balkonen, ziehen Blumen in kleinen Trögen vor dem Fenster und beackern Verkehrsinseln in Großstädten. Sind wir alle gestört oder sind das die letzten Ausläufer des „Bauern-Gens"?

Viele Menschen haben Freude daran, sich zum Teil mit selbst geernteten Lebensmittel zu versorgen – und wenn es nur ein paar Kräuter von der Fensterbank sind. Das gibt ein gutes Gefühl. Dafür scheuen sie weder Kosten noch Mühen, zimmern Hochbeete, kaufen Biodünger und mixen Brennnesseljauche. Alles nur Jux und Tollerei?

Es beruhigt uns, zu wissen, woher das kommt, was wir essen, was getan werden muss, damit etwas wächst, gedeiht und auch noch schmeckt.

Mein Verdacht ist, zu all dem stachelt uns das Bauerngen an. Es treibt uns zu Outdoor-Tätigkeiten und beflügelt uns, in und mit der Natur zu sein. Ob Rosengarten oder Gemüsebeete, ob Rasenjäten oder Kräutertopf am Fenster, es sind immer die gleichen Instinkte. Es ist das, was sich verfestigt hat. Die jahrhundertelange Selbstversorgung und Selbstvorsorge haben sich tief in unsere DNA eingeschrieben. Zumindest könnte es so sein. Das wäre logisch und nachvollziehbar und eine gute Erklärung für das „Bauern-Gen". Wer es noch nicht hat und es haben will, könnte es sich vielleicht von einem geschickten Gentechniker einpflanzen lassen, und schon hätte er das, was die Gärtner einen „grünen Daumen" nennen.

Wozu aber andererseits in der Hitze buckeln, schwitzen und jäten, wenn es im klimatisierten Supermarkt auf Augenhöhe alles bequem zu kaufen gibt? Wozu soll das „Bauern-Gen" vor diesem Hintergrund noch gut sein? So denken die Pragmatiker, die das Gen aus Bequemlichkeit verleugnen oder es im Laufe der Generationen tatsächlich verloren haben.

Bemängelt wird von manchen, dass das „Bauern-Gen" auch auf der Schattseite gut gedeihe. Es sei zu traditionsgebunden, misstrauisch, opportunistisch, engstirnig, vorverurteilend. Frage: Gibt es das tatsächlich nur am Land und bei den Bauern? Wer glaubt das?

Seinen Gen-Cocktail kann man nicht bei Amazon bestellen. Ich habe das „Bauern-Gen", so scheint es zumindest, vererbt bekommen. Warum sonst klettere ich auf Bäume, wühle in der Erde und verbiege mein Kreuz? Da gibt es einen Antriebsmotor, der startet und sich nicht abstellen lässt, bis mir eine Kiste Äpfel auf die Zehen kracht und ich lauthals fluche und dieses verdammte „Bauern-Gen" zum Teufel wünsche. Auch das gibt es.

LETHBRIDGE II. DIE HUTTERER haben eindeutig das „Bauern-Gen". Die Selbstversorgung hat ihnen in den Jahrhunderten der religiösen Verfolgungen erst das Überleben ermöglicht. Das wissen sie. Es macht sie auch heute unabhängig und gibt ihnen die Freiheit zu ihrer eigenen Art der Lebensführung. Oft werden die Hutterer mit den Amischen verwechselt. Tatsächlich sind es ganz unterschiedliche Lebenskonzepte. Gemeinsam sind ihnen nur ihre eigenen, strengen Auslegungen der Bibel, die Selbstversorgung und ihre deutschsprachigen Wurzeln.

Die Hutterersiedlung liegt wie ein kleines Dorf in der weiten Ebene von Alberta. Die schlichten Häuser der Hutterer mit ihren blauen Fensterläden ducken sich in das flache Land. Weithin sichtbar sind nur die hohen Silos und der lange, parallel zur Straße verlaufende Legehennenstall. Über die unendliche Weite der Felder wölbt sich ein fast wolkenloser blauer Herbsthimmel. Überall sehe ich riesige Maschinen, Mähdrescher und Lkw-Züge mit Getreide. Ich bleibe den ganzen Vormittag draußen bei den Arbeiten; bewundere ihr Geschick in der Werkstatt und sehe ihnen kurz beim Schlachten der Gänse zu. Zu Mittag holt mich Rosi zum Mittagessen ab. Wie alle Hutterer-Frauen hat auch Rosi ihr blondes Haar streng nach hinten geflochten und fast zur Gänze unter dem typisch hutterischen Schneeballkopftuch versteckt. Die Kopftücher der Hutterer-Frauen sind einheitlich schwarz mit weißen Punkten. Deshalb nennen es die Kanadier Schneeballkopftuch, weil die weißen Punkte aussehen wie Schneeflocken gegen den dunklen Winterhimmel. Hutterer-Männer erkennt man an ihren schwarzen Filzhosen mit Hosenträgern, den schwarzen Filzhüten und Bärten. Alle verheirateten Männer tragen Bärte.

Pünktlich füllt sich der Speisesaal. Vor dem Essen wird gebetet. Männer, Frauen und Kinder sitzen an getrennten Tischen. Ich hocke mich an das Tischende der Männerabteilung. Für neunundachtzig Mäuler gibt es Gänsebraten mit Kartoffeln und saurem Einleggemüse. Das Essen ist schlicht wie alles hier und es wird wenig gesprochen. Nach dem Essen setzt sich Immanuel, der Säckelwart, der Finanzminister der Kolonie, zu mir und befragt mich in einer Mischung aus Deutsch und Englisch über die Verhältnisse in Deutschland und Österreich. Außer Rosi, die sich noch zu uns gesellt, halten sich die Hutterer-Frauen im Hintergrund. Aber nicht lange.

Nach dem Abwasch kommen neun Frauen in ihren dunklen, hochgeschlossenen Kleidern und fragen, ob ich ein paar Lieder hören möchte. Natürlich will ich das. Die Frauen setzen sich an einem Tisch und singen mir alte Tiroler Volkslieder. Es sind Lieder von Heimweh und Bergen, Abschied und Liebe. Es ist das Liedgut, das sie seit Jahrhunderten pflegen und von Generation zur Generation auf Deutsch weitergeben. Sie singen es inbrünstig und laut, und in dem kahlen Raum klingt es noch lauter; ich sehe, welche Freude es ihnen bereitet und meine Lauscher können das locker aushalten. Ich bedanke mich bei den Frauen und bei meinen Ohren und gebe stellvertretend für alle Rosi einen Kuss. Sie wird rot und alle lachen herzhaft.

Später zeigen mir Immanuel und Rosi die Farm; es ist die größte hier im Umkreis. Sie haben Schweine, Kühe, Legehühner und Gänse. Haupteinnahmequelle sind die Eier und das Getreide. Hutterer kaufen nur wenige Lebensmittel zu. Sie versuchen so autark wie möglich zu bleiben. Bei den Maschinen ist es gerade umgekehrt, da ist das Beste gerade gut genug. Das unterscheidet die Hutterer von den Amischen. Rosi sagt, ich könne jederzeit hier bleiben, ich müsste mich nur den Regeln der Kolonie anpassen. Ich ziehe es aber vor, wieder zurück in mein irdisches Jammertal nach Oberrettenbach 33 zu jetten.

Zuerst geht es aber noch hinauf nach Calgary. Am Abend treffe ich mich mit Elisabeth, meiner rotmähnigen kanadischen Freundin in Downtown Calgary zur Happy Hour. Wir sitzen auf der Terrasse des „River Cafe" und es ist mein letzter Abend in Kanada. Die Terrasse ist voll besetzt und über der Stadt liegt eine laue, angenehme Schwüle. Die tiefstehende Sonne spiegelt sich in der Glasfassade der Bank of Canada wider und blendet mich. Ich drehe meinen Sessel aus dem Blendkegel und erzähle Elisabeth von meiner Reise zu den Hutterern. Elisabeth lacht, als ihr der Kellner den Rieseneisbecher und mir den kleinen Lavazza-Espresso serviert. „It's a bad management", schmunzelt sie, „happy hour needs more." Ökonomisch gesehen hat sie recht. „Eigentlich", erzähle ich ihr, „wollte ich noch meinen Freund Bill Wright im Happy Valley besuchen, aber die Huttererfrauen haben mir zu viele Lieder gesungen."

Elisabeth lacht ihr glucksendes Lachen und meint, das sei doch ein Grund, bald wiederzukommen.

„Ja, gern", meine ich, während sie zum Telefon greift, „wenn Kanada gleich so um die Haustür läge. Die langen Flüge stressen mich und ich denke, ich sollte besser in Oberrettenbach 33 Rinder und Äpfel züchten. Vielleicht verlasse ich morgen Kanada und komme nicht wieder. Wer weiß?"

„Das wirst du nicht", sagt sie ernst und streng.

Ich berichte ihr von Klemens' Plänen in Oberrettenbach 33, von den Hühnern, dem Umbau und meinen Vorstellungen von einem ruhigen Landleben. Als die Pizza Napoli aufgetischt wird, ist die Happy Hour vorbei und die Sonne taucht die Terrasse in ein goldenes Gelb.

Elisabeth hat Bill Wright in seinem Büro in Calgary angerufen, der nun mit Riesenschritten die Terrasse stürmt. Bill, ganz Cowboy, mit weißem Stetson, braunen Boots, kariertem Hemd, Jeans mit breitem Ledergürtel und großer Silberschnalle, begrüßt uns überschwänglich.

Bill führt eine für europäische Verhältnisse riesige Ranch draußen in den Rolling Hills in Happy Valley und züchtet Pferde und Rinder. Für mich einer der schönsten Plätze, die ich in Kanada kenne. Zusammen mit seinem Bruder betreibt er die familieneigene Brauerei hier in Calgary. Auch er pendelt wie ich zwischen Stadt und Land. Aber in erster Linie will er Rancher sein, und, wann immer es sich einrichten lässt, bei seiner Frau und den Kindern auf der Ranch bleiben. Bill und ich sind uns in vielem ähnlich; wir lieben beide unsere verschiedenen Welten, ohne deswegen an unseren Wurzeln zu sägen. Wir bestellen Budweiser und kubanische Zigarren und es wird ein langer, lauschwüler Abend unter Freunden in Calgary.

Das einstige indianische Ritual mit dem Rauchen der Friedenspfeife aber muss ein Gerücht weißer Siedler sein. Heute ist rauchen in Kanada faktisch unmöglich, ohne öffentlichen Aufruhr zu provozieren, Rettungsdienst, Polizei und die Feuerwehr zu alarmieren und plötzlich von einer ganzen Blaulichtarmada umzingelt zu sein.

Am Nachmittag des nächsten Tages lassen wir Kanada hinter uns. Anton sagt, hier möchte er bei nächster Gelegenheit wieder vorbeischauen. Johann begeistert sich an der schier unendlichen Weite des Landes. Schön, so viel Landschaft nur für sich allein zu haben. Alle drei sind wir uns über eines einig: Nachbarschaftsstreitigkeiten sind hier so gut wie ausgeschlossen.

JEDER KANADABESUCH ERMUTIGT MICH, großzügig und gelassen zu sein. Klein-Klein ist in diesem großen Land, in dem die Menschen im Osten aufwachen, wenn sie im Westen schlafen gehen, verpönt. Ich liebe dieses Land, seine Gelassenheit, seine Vielfalt, seine tosenden Flüsse, die Großartigkeit der Menschen, seinen „Indian Summer", seine unendlichen Weiten.

In Oberrettenbach ist alles enger und gedrängter, da weiß der Nachbar, wann du schlafen gehst und wann du aufstehst. Und es gibt auch die Indianer, allerdings ohne die Weite der Prärie, das macht einiges komplizierter. Trotzdem mache ich es zu Hause wie mein Freund Bill. Ich tausche meinen zerknitterten Anzug gegen ein kariertes Flanellhemd, ausgewaschene Jeans und braune, knöchelhohe Lederschuhe mit integrierten Stahlkappen für den Fall, dass mir wieder irgendwelche Obstkisten auf die Zehen knallen. Wieder ganz Landmensch, stiefele ich hinaus aufs Land – noch etwas benommen vom Jetlag, aber voller Tatendrang.

Mein erster Weg führt mich in den während meiner Abwesenheit fertiggestellten Heizraum. Das Weiß und die Helle des Raumes blenden mich. Da stehen der gelbe Pelletofen, die isolierten Rohre, die Thermometer und Displays. In meiner Erinnerung sehe ich den alten Kuhstall vor mir. Was waren das für aufregende, stressige Nächte gewesen, wenn ich von Margarete um zwei Uhr in der Nacht zu einer kalbenden Kuh gerufen wurde. Über den ganzen Hof lag eine friedliche Ruhe. Im Stall war es warm und es roch nach frischen Stroh und Heu, nur die in Wehen liegende Kuh war nervös und unruhig, stand auf, tänzelte herum, legte sich wieder hin, um bald wieder aufzustehen.

Johann und ich waren geübte Geburtshelfer. Wenn die Presswehen der Kuh einsetzten, zogen wir an den Stricken, die an den Vorderfüßen des Kalbes angeschlupft waren, bis das Kalb vor uns im Stroh lag. Das war manchmal schweißtreibend und stressig. Der neue Ofen dagegen funktioniert vollautomatisch und selbststeuernd, ist also diesbezüglich eine echte Verbesserung.

Jetzt glänzt hier alles jungfräulich in einem unbeschriebenen Weiß. Und wie vor allen älteren Jungfrauen verspüre ich auch hier eine gewisse Scheu. Die Wände erzählen keine Geschichten mehr. Der Hochdruckreiniger und die weiße Farbe des Kalkes haben alles Gewesene gelöscht und verschluckt. Jetzt ist es nur noch ein ganz gewöhnlicher Raum. Welche Art von Geschichten die Technik erzählt, wird die Zukunft zeigen. In jedem Fall sollte es im Winter warm im Haus sein. Mögen uns alle alten und neuen Jungfrauen ordentlich einheizen.

SONNTAGSRUHE LIEGT ÜBER DEN Hügeln. Die milchige Spätherbstsonne quält sich mühselig durch den dünnen Wolkenschleier. Chris und ich schlendern über die Äcker durch den abgeernteten Obstgarten querfeldein, hinaus zu den neu gepflanzten Kirschbäumen und weiter zu den Pappeln, die als hölzerne Energiereserve dienen. Oberrettenbach 33 zeigt uns eine Seite seines Zukunftspotenziales. Aber wie sieht die andere Seite aus?

Vielleicht wäre die Variante, wieder zurück nach Wien, die beste Alternative? Wieder dorthin zurück, wo alles seinen Anfang nahm.

MÖDLING. WIR SIND WIEDER einmal in Mödling, diesem reizvollen Städtchen vor den Toren Wiens; Chris und ich genießen es. Die Villen entlang des Hügels hinaus nach Maria Enzersdorf und Brunn am Gebirge sind noch immer prachtvoll und sie gefallen uns noch genauso wie damals: etwas abseits und doch mittendrin, nicht Land und nicht Stadt, aber beides in Griffnähe. Vormittags Landmensch, abends „Stadtfrack" und umgekehrt. Eine kluge Strategie, zu der diese Prachtbauten einladen. Sie stehen da wie Schlösser, umgeben von parkähnlichen Gärten und sind doch um Bescheidenheit bemüht.

Chris und ich haben hier eine großartige Zeit verlebt. Hier haben wir geheiratet, Katrin wurde hier geboren, aber irgendwann war es wieder Zeit, aufzubrechen. Jetzt sind wir für einen Nachmittag wieder zurück. Es ist ein kühler Samstag im Herbst. Wir fahren mit dem Auto über die Bahnhofüberführung in die Stadt.

Schau, hier habe ich damals mein Jeanskleid gekauft!

Da war das Milchgeschäft mit den besten Topfenschnitten der Stadt. Sieh nur, den Geschirrladen, wo wir unser rotes Kaffeeservice kauften, gibt es noch.

Dort unsere alte Schmuseecke.

Vieles ist anders und neu. Aber es ist alles noch da. Davon lebt Tradition. Die Akteure treten ab, die Kulisse bleibt. Auf diese Art sabotiert die Klugheit der Naturgesetze allzu menschliche Großmäuligkeit.

Auch der Platz vor dem ehrwürdigen Rathaus mit dem Standesamt, in dem wir geheiratet haben, hat sich verändert. Die ganze Stadt, so scheint es, hat ein *Facelifting* hinter sich. So bin es nur ich, dem nach all den Jahren der Putz von der Fassade bröckelt.

Bevor das gleiche Schicksal auch den Hof in Oberrettenbach 33 ereilt, sollte uns mehr einfallen als eine Botoxspritze für altes Gemäuer. Vielleicht bringt ja der Winter neue Erkenntnisse.

DER WINTER WAR MILD mit wenig Schnee. Katrin, Klemens und Chris haben zusammen mit dem Architekten während des Winters erste Entwürfe für den Umbau des Gehöftes erstellt. Während sie planen, träume ich meinen Traum vom Waldläufer. Fremde Menschen stolzieren über den Hof. Sie messen, zeichnen, kalkulieren, entwerfen, besprechen und verwerfen.

Derweilen begegne ich „Lederstrumpf" in den Wäldern von Oberrettenbach. Ich erfreue mich an der Stille und brate meine Braunschweigerwurst am Lagerfeuer. „Lederstrumpf" war mein erstes Buch, das ich als Kind gierig verschlang. Ich paddelte mit dem „Waldläufer" im Ontariosee, bin mit ihm durch die dichten Wälder Ostkanadas gepirscht und habe mit meinen Indianerfreunden oben am Michigan dem Schrei des Fischadlers gelauscht. Jetzt pirsche ich durch die Wiesen und Wälder von Oberrettenbach 33, höre den Eichelhäher rufen und den Buntspecht klopfen.

Der Zugvogel hat seine Flügel gestutzt, und es dauert jetzt länger, bis der Vogel wieder flugfähig ist. Die Frage, warum ich mir das antue, will sich der Zugvogel nicht mehr stellen. Aber noch bin ich nicht zum Lachs geworden.

Ich will wieder in der Erde wühlen, Pflanzen wachsen lassen, malen, schreiben und ernten. Ich freue mich, in der Sonne im Liegestuhl zu sitzen, dem Treiben der Vögel zu lauschen und den Geruch des Waldes nach dem Regen zu riechen. Bleiben die Fragen: Taugt ein Zugvogel zum Haustier? Kann ein Asphaltläufer wieder zum Waldläufer werden?

Jeder hat seine Träume und im Wald träumt es sich am besten. Der Bach plätschert. Die Blätter rauschen und ich male an meinen Zukunftsbildern von Oberrettenbach 33.

Es sind schmal parzellierte Felder, rechteckig geformt mit bunten Früchten darauf. Auf den meisten stehen fein gearbeitete, kleine Holzhäuser und am nahen Parkplatz parken Autos aus Städten und Orten der Umgebung. Kinder lachen. Spaten scheppern, aus den Holzgrillern steigt Rauch und es duftet nach Gebratenen. Gartenfreunde und Selbstversorger graben, jäten und pflegen ihre Parzelle. Sie genießen das Landleben, feiern am Lagerfeuer, spielen mit den Kindern und zeigen ihnen, wie Essen wächst. Kohlrabi, Karotten, Käferbohnen und Kürbis sprießen, wachsen, reifen und liefern Vitamine, Erfolgserlebnisse und ein Stück Unabhängigkeit.

Dieses Bild gefällt mir sehr. Ich sehe die Buntheit und höre, wie Erwachsene und Kinder schlecken und schmatzen, hämmern und schneiden. Ich rieche Eierspeis und Gegrilltes, freue mich, wie sie mit Nachbarn schnattern, sich gegenseitig helfen und gemeinsam feiern. Ein großes Gemälde ist das mit vielen unterschiedlichen Menschen, mit blühenden Gärten und braunen Holzhäuschen. Ein Stück Land, das lebt. Ärgerlich nur, dass das Bild nicht von Bruegel ist, sondern von mir.

Die geraden Linien und geometrischen Figuren sind nicht meines. Ich liebe die verbogenen, geschwungenen, kurvigen, unebenen Linien der Natur. Während Klemens, Chris und Katrin sich mit Planern und Handwerkern plagen, laufe ich weiter durch die Wälder. Es ist Sommer. Es ist Schwammerlzeit. Gestern regnete es und in den Wäldern wachsen Pilze und Eierschwammerl. Sie spitzen während der Nacht aus der Erde und manche wagen sich sogar auf die waldnahen Wiesen. Ich pirsche durch das Untergehölz und freue mich kindlich über jeden Pilz, der sich mir in den Weg stellt. Eine herrliche Pilzjause für den Abend ist gesichert.

An meinem Rastplatz im Wald lausche ich dem aufgeregten Geschnatter der Wildenten am Bach, staune über die Aufmerksamkeit des Eichelhähers und vernehme das entfernte Gru-Gru der Wildtauben. Ein guter Platz, um ein anderes Bild von Oberrettenbach 33 zu entwerfen. Dieses Mal sind es die freihändig hingeworfenen Skizzen von Räumen und Plätzen des Hofes. Die von der Sonne beleuchtenden Räume mit ihrem kunstvoll geschwungenen Gewölbe lassen die Bewohner staunen. Die vier Seiten des Hofes gewähren zwei Familien Wohnung und Heimat. Das Landfieber hat sie gebackt. Sie leben auf, wenn die Hähne krähen, die Hühner gackern, die Enten schnattern und sich die Schweine am Kirschbaum reiben und vor Vergnügen grunzen. Sie erleben, wie alles wächst und gedeiht, wie Leben entsteht und sie ohne große Ansprüche nährt. Das Bild hat Bewegung und Dynamik, gibt dem altehrwürdigen Gemäuer des Hofes einen neuen Zweck und sichert seine Zukunft. Da hat alles seinen Platz und seine Ordnung. Ich kann mit dem Bild zufrieden sein, auch wenn ich für Picasso keine Konkurrenz bin.

Aber, um diese Bilder malen zu können, muss ich den Pinsel schwingen und ich muss durchhalten, auch wenn ich pausieren möchte. Es braucht Fantasie und Umsetzungskraft, um Bilder Wirklichkeit werden zu lassen.

Für eine neue Generation hat Oberrettenbach 33 andere Aufgaben zu erfüllen als bisher. Es wird Landsitz sein, Wochenendrefugium, Arbeitsplatz und Rückzugsort – eine Insel am Land.

IRGENDWANN WERDEN ALLE ZUKUNFTSBILDER gemalt sein. Ich werde den Pinsel aus der Hand legen und Klemens und ich werden alle Bilder in der großen Halle ausstellen.

Klemens wird mehrere Runden durch die Galerie schlendern und die Bilder abhängen, die ihm ganz und gar nicht gefallen. In einem weiteren Durchgang entfernt er die zu üppigen, überladenen Gemälde. Dann die, die nur mit leichter Hand hingeworfen sind, und am Schluss die mit den grellen, schrägen Farben. Am Ende lässt Klemens ein einziges Bild in dem großen Raum hängen. Es ist das, das ihm am besten gefällt. Er wird es da und dort verändern, im Farbton und in der Perspektive verbessern oder radikal neu entwerfen. Es ist sein Bild, mit dem er leben möchte. Jeder hat seine Lebensbilder.

Jetzt ist alles im Lot. Unser Suchen und Irren, Testen und Probieren, unsere Begeisterung und unsere Zweifel haben zu einem Ziel geführt.

EINIGES AUF OBERRETTENBACH 33 WIRD neu und anders sein, abgestimmt auf die Bedürfnisse der zehnten Generation auf Oberrettenbach 33. Als Ingredienzien stehen Lebensmittelerzeugung, Zauberkraft Natur, Freiheit, Landschaft, Ruhe und Erholung zur Verfügung. Das eine ist mit dem anderen verwoben und zusammen, je nach Gewichtung, ergeben sie das neue Bild.

Ich werde weiterhin Gast sein in dem Haus, aus dem ich komme, und die Nuss- und Zwetschkenbäume werden mir ihren Schatten spenden, wie jedem, der hier vorbeikommt. Jetzt, denke ich, sind wir nahe am Ziel.

Vor vielen Jahren schrieb ich über diesen Augenblick der Entscheidung, wie es mit Oberrettenbach 33 weitergehen soll, ziemlich großspurig in mein Tagebuch:

„Wenn alle Bilder gemalt, alle Bücher geschrieben und alle Weichen für die Zukunft gestellt sind, werden wir alle zusammen ein großes Fest feiern und wissen, dass die Zukunft ein Bild hat. Dann werde ich auf mein Zimmer gehen und auf ein weißes Blatt Papier die Worte *Jonny was in Oberrettenbach 33* schreiben. Ich werde die alte Pistole von Johann aus dem Seidenpapier wickeln und an Gunter Sachs denken."

Jetzt ist es soweit. Aber ich bin kein Playboy.

Mit dem Seidenpapier tupfe ich mir den Schweiß aus dem Gesicht und esse die Pistole auf. Die Haltbarkeit dieser Schokoladenpistole, die Johann einst am Kirtag kaufte, ist schließlich begrenzt. Danach lehne ich mich gemütlich zurück, wische mir den Mund mit dem Taschentuch ab und blicke wohlwollend auf das große, von Klemens ausgewählte Bild in der Galerie: Oberrettenbach 33 neu.

Eine neue Generation startet. Optimistisch und überzeugt. Johann und Margarete applaudieren.

Die in den Jahren an manchen Stellen angeschimmelte Schokolade schmeckt bitter, wird aber mein Immunsystem stärken. Das ist gut für ein langes Leben.

Leise schleiche ich mich aus dem Zimmer.

Jonny was – Oberrettenbach 33 bleibt.

Nachwort

Oberrettenbach 33 ist auch eine Hommage an meine Heimat und ihre Menschen. Ich habe ihre Namen verändert, um sie vor allzu Neugierigen zu schützen.

Wer die kleine Welt von Oberrettenbach kennt, weiß, wer gemeint ist, aber ich wollte nicht, dass jeder ihre Namen im Telefonbuch finden oder im Internet googeln kann.

Und wenn es Sie interessiert, achten Sie auf die Zugvögel am Himmel, manchmal flattert auch der aus Oberrettenbach 33 noch übers Land. Sie erkennen ihn an seinem gemächlichen Flügelschlag.

Der Autor

Hans Meister, ausgebildeter Agrar-
ingenieur, zählt zu den bekanntesten
Journalisten in Österreich im Bereich Agrarwirtschaft. Er ist Autor
von Büchern, Hörspielen und Fern-
sehfilmen und ein vielgefragter Re-
ferent.

Zuletzt erschien von ihm im Leopold Stocker Verlag: „Wie viel ist
genug? Die Gier und wir", Graz
2014, 3. Auflage.

Inhalt

Aus unserem Programm

ISBN 978-3-7020-1381-3

ISBN 978-3-7020-1305-9

Leopold Stocker Verlag
www.stocker-verlag.com